Bad Karlshafen 2.0

Visionäres Kopfkino für die nördlichste Stadt Hessens

Ein utopisches Traktat

Für alle, denen Visionen mehr bedeuten als Bedenken

Die Deutsche Nationalbibliothek verzeichnet diese Publikation in der Deutschen Nationalbibliografie; detaillierte bibliografische Daten sind im Internet über http://dnb.dnb.de abrufbar.

© 2016 Carl Sänger
Cover: Carl Sänger
Korrektorat: Lektor-hoch-drei, Ludwigsburg
Satz: Federstrich 3610,
www.federstrich3610.de

Herstellung und Verlag:
BoD – Books on Demand, Norderstedt

ISBN: 978-3-741-21063-1

Personen und Handlung sind frei erfunden.
Ähnlichkeiten mit lebenden oder toten Personen sind rein zufällig und nicht beabsichtigt.

Inhalt

Zum Geleit..11

2018..17
  Einführung 2018..19
  Ein Hauch von Venedig..21
  Mach mit beim Volkswandertag!..............................41

2019..77
  Einführung 2019..79
  Ein Besuch im *Café Größenwahn*............................81
    1 Von Schwimmern und Nichtschwimmern...........81
    2 High Tea mit Weserblick..................................102
    3 Die Champagnergesellschaft............................114
    4 Mord und Totschlag im *Café Größenwahn*.......118
  Themenstadtführung: *Die Carlsbahn in Bad Karlshafen*..127

2020..139
  Einführung 2020..141
  Das Cinema Paradiso...143
    1 Das Interview mit Bürgermeister Rolf-Ullrich Müller bei *Radio Märchenland*..............................*143*
    2 Paradiesisches Kinovergnügen im ehemaligen Solebad..154
  Das Literaturfestival *Helmerateshusa*...................161
    1 Ein zweifelhaftes Vergnügen............................161
    2 Literaturworkshop: Nordhessen schreibt!.........177
  Projektvorschlag: Real-virtuelle Stadtführung.......187
  Themenwochenende: Glaubenswelten an der Diemelmündung...194

2024..197

- Einführung 2024..199
- 1 Syburg und Helmerateshusa..............................201
- 2 Eröffnung des Herbert-Mager-Museums............207
- 3 Fünf Jahre Wanderverein Weser-Diemel 2019 e. V...212
- 4 Deutsch-Holländisches Blumenfest in Bad Karlshafen..218
- 5 Stadtbummel durch Bad Karlshafen....................225
- 6 Colloquium im Rahmen des Klosterfestes..........232
- 7 Promenieren am *Place des Huguenots*................237
- 8 Eine laue Bartholomäusnacht.............................242
- 9 Kinderlesefestival mit Überraschungen..............248
- 10 Das verflixte siebte Jahr?..................................254
- 11 Die Helmarshäuser Poststraße..........................258
- 12 Fünf Jahre www.bad-karlshafen.de/nl..............263

Hinweise und weitere Informationen.......................269

Danksagung..271

Bibliographie von Carl Sänger................................273

Zum Geleit

Der Gedanke

Ist es nicht eine abwegige Vorstellung, einen Essayband mit dem Titel *Bad Karlshafen 2.0* zu verfassen? Normalerweise mag das so sein, jedoch sieht im Fall von Bad Karlshafen und Helmarshausen die Sachlage etwas anders aus: Monatelang wurde in der Stadt quasi *bis aufs Messer* darüber gestritten, ob der historische Hafen mit Hilfe einer Schleuse wieder an die Weser angeschlossen werden soll oder nicht. Bis 1930 die Drehbrücke über dem Kanal entfernt wurde, gab es diese Verbindung zwischen Binnenhafen und Fluss. Viele wünschen sich heute diese *alten Zeiten* zurück. Sie verweisen mit einigem Recht auf die äußerst großzügige Förderung, die mit dieser Entwicklungsmaßnahme einhergehen würde. Man mag zu dieser *Hafenöffnung* jedoch stehen, wie man will: Sie alleine wird die Probleme der Stadt nicht lösen – eine *Wunderschleuse* gibt es nicht und wird es auch nie geben. Dazu ist wesentlich mehr erforderlich.

Die Entscheidung ist am 7. Februar 2016 gefallen: Die Hafenöffnung wird eingeleitet. Wobei dringend und unabhängig von Pro und Kontra Hafenöffnung nun *ein Ruck* durch den Ort gehen muss. Meines Erachtens sind es zwei wesentliche Punkte, die es zu beachten gilt:

a) Die Öffnungsbefürworter dürfen nicht abwarten, dass ihnen die gebratenen Tauben nun in den Mund fliegen. Nur auszuharren, dass andere (nämlich die Stadtverwaltung und die Gemeindevertretung) die Arbeit tun, wäre äußerst unsozial und würde ihre zum Teil aggressiv vorgetragenen Parolen als hohle Phrasen entlarven.

b) Die Öffnungsgegner müssen das Ergebnis der Abstimmung anerkennen und all diejenigen von ihnen, denen es um mehr als das *Dagegen sein* geht, sollten sich mit denen verbünden, die dem Ort eine Zukunft geben wollen. Ansonsten gelten sie zurecht als dumpfe Verhinderer. Neben dem eigentlichen Projekt der Hafenöffnung gibt es genügend Tätigkeitsfelder, in denen auch sie sich engagieren können. Auch wenn sie die Schleuse nicht lieben, können sie versuchen, in anderen Bereichen ihren Traum einer blühenden Stadt zu realisieren – örtlich weit über das Hafenareal hinaus. Dazu gehört meines Erachtens vor allem auch der Ortsteil Helmarshausen.

Eins vereint jedoch die einstigen Befürworter und Gegner einer Hafenöffnung: Wollt ihr wirklich das Beste für eure Stadt, so ist am 8. Februar 2016 der Tag gekommen, endlich wieder gemeinsam zu agieren.

Die Idee

Ich, ein Kritiker der Hafenöffnung, akzeptiere das Ergebnis. Ich sehe die Mehrheit von 40 Stimmen als das, was sie ist: Ein Handelsauftrag an all diejenigen, die etwas Gutes für die Stadt wollen. Für mich persönlich ist die Frage, was kann, was will ich tun? Derzeit ist es noch zu früh, um Geld zu spenden, einen Baum zu pflanzen oder die Spitzhacke in die Hand zu nehmen, um einen vernachlässigten Waldweg von seinem Wildwuchs zu befreien. Ich mache das, was ich sonst auch tue: Anhand von Geschichten Bilder erschaffen, um so die Phantasie der Menschen anzuregen.

Viele Ideen, die die Stadt voranbringen könnten, sind bereits von anderen aufgeschrieben worden. Zu ihnen gehören unter anderem die Studie *Stadtmarketingprozess und Stadtmarketingkonzept für Bad Karlshafen/Helmarshausen* von Dr. Bernd Schabbing (2011) und das *Teilräumlich integrierte Handlungskonzept Bad Karlshafen* des Büros PlanRat (2014). Doch wurden sie vor allem mit dem Hinweis auf fehlende Mittel bislang nicht umgesetzt, Papier ist ja bisweilen sehr geduldig!

Hinzu kommen die zahlreichen Ideen, die im Vorfeld des Bürgerentscheids im Februar 2016 in den sozialen Medien diskutiert wurden. Daraus und aus der Vielzahl an Gesprächen und Phantastereien der letzten Monate entwickelte sich der Gedanke, eine Sicht auf die Stadt in der Zukunft zu entwerfen. Diese neue Perspektive soll aufzeigen, dass viele Maßnahmen, die nun im Zuge der Hafenöffnung in Angriff genommen werden sollen, schon viel früher hätten geschehen können. Zudem lässt sich leicht zeigen, dass sie mit oder ohne Hafenöffnung realisierbar sind. Ihre Betrachtung entkräftet in Teilen auch den so oft geäußerten Vorwurf, dass dazu Unsummen an Geld vorhanden sein müssen. Denn manch wirksame Verbesserung erfordert entweder geringe finanzielle Mittel oder lässt sich mit alternativen Finanzierungsmodellen realisieren. Es geht allein um das Wollen.

Die Utopie

Die (kurzen) Geschichten beginnen im Jahr 2018 und umfassen die Jahre 2019, 2020 und 2024. Sie handeln von Stocherkähnen auf dem historischen Hafen, einem Open-Air-Kino, dem Café Größenwahn, einem Volkswandertag und vielem mehr. Ich zitiere den (fiktiven) US-Präsidenten Frank Underwood aus der TV-Serie *House of Cards*: »Vorstellungskraft ist auch eine Form von Mut« (3/8). Sicher ist es couragiert, in dieser finanziellen Situation der Stadt das Abenteuer Hafenöffnung zu wagen. Doch wird für eine wirkliche Entwicklung des Gesamtensembles Bad Karlshafen / Helmarshausen dieser Mut allein nicht ausreichen: Hier braucht es mehr, als *nur einen Pfeil im Köcher*.

Die Schleuse ...

... spielt in meinen Geschichten aus zweierlei Gründen keine Rolle: Erstens ist sie bislang nur ein

Vorhaben, das erst noch auf seine Realisierungsmöglichkeit hin geprüft werden muss. Der Bürgermeister und die Stadtverordneten haben oft genug betont, dass im Fall einer Kostenüberschreitung oder bei technischen Problemen das Projekt gestoppt wird. Zweitens ist es meiner Ansicht nach wichtig, das Augenmerk auch auf andere Unternehmungen zu richten, die eine mögliche Hafenöffnung flankieren müssen. Was nutzen uns die Schleuse sowie Bootsstege auf dem Hafen, wenn nicht die anderen Dinge ebenfalls in Ordnung gebracht werden (Waldwege, Nutzung des Schwimmbadgeländes, Hafenplatzgestaltung)?

Der Autor

Noch eine Anmerkung zum Verfasser dieses *utopischen Traktats*: Ich gebrauche das Pseudonym *Carl Sänger* allein aufgrund publizistischer Überlegungen. Als Autor schreibe ich noch in anderen Genres und möchte die verschiedenen Bereiche voneinander trennen. Ich werde jedoch der Öffentlichkeit gegenüber nie einen Hehl daraus machen, wer sich in Wirklichkeit hinter Carl Sänger verbirgt.

Wie sieht es aus, trauen Sie sich jetzt mit mir in die utopische Zukunft der Stadt?

Herzlichst, Ihr Carl Sänger / Christian Schneider

PS1: *Die Gedanken sind frei* – eine Maxime, die jedem von uns tagtäglich um 17.00 Uhr vom Glockenturm des Rathauses in Bad Karlshafen zugetragen wird. Warum also nicht mal das Kino im Kopf laufen lassen?

PS2: Sollte dieses Projekt in irgendeiner Form einen Gewinn erzielen, so wird dieser einem oder mehreren der zahlreichen Vereine des Ortes zufließen.

Bad Karlshafen und Helmarshausen im Jahr 2018

Einführung 2018

2018 – zwei Jahre sind seit dem Entscheid zur Hafenöffnung vergangen.

2017 hat sich die Stadt entschieden, drei Stocherkähne zu kaufen, um sie auf dem Hafen für Rundfahrten einzusetzen. Doch sollten es nicht einfache Ausfahrten sein; nein, das Ziel war es, Stadtführungen vom Wasser aus anzubieten. Irgendein schlauer Kopf hatte nämlich festgestellt, dass man fast alle wichtigen Sehenswürdigkeiten der Kernstadt vom Hafenbecken aus erreichen kann. Der Bürgermeister fuhr ins schwäbische Tübingen, wo die Stocherkähne auf dem Neckar fahren und hielt zunächst nach einem gebrauchten Kahn Ausschau. Später wurden dann zwei weitere Kähne angeschafft. Die HNA schrieb in einer Überschrift *Ein Hauch von Venedig in Bad Karlshafen*.

Immer am dritten Wochenende im September findet nun der *Bad Karlshäfer Volkswandertag* statt. Eine neue Attraktion, an der nicht nur die Einheimischen mit großem Enthusiasmus teilnehmen, sondern die auch bei ehemaligen Einwohnern und auswärtigen Gästen auf großes Interesse stößt. Es handelt sich um eine Art *Grenzgang*, da die Wanderung entlang der Ortsgrenzen verläuft und sie auch an einigen Stellen überschreitet.

Ein Hauch von Venedig

»Wir möchten auch noch mit!« Abgehetzt hielt sich das Pärchen mit scheinbar letzter Kraft am Geländer der Hafenmauer fest, die Frau fuchtelte wie wild mit einem hellblauen Schirm.

»Tut mir leid«, sprach der bärtige Führer des Kahns in seinem langen grünen Umhang. »Kai-Uwe kommt gleich, der hat bei der nächsten Tour um ein Uhr noch zwei Plätze frei.«

Die sechs Holländer in ihrem wackelnden Untersatz hingegen grinsten zufrieden – sie hatten sich die Karten frühzeitig im Internet gesichert. Die beiden Herrschaften indes zogen wieder ab. Sicher würde ihr Weg sie in die nahegelegene Kurverwaltung führen, um wenigstens nachher bei Kai-Uwe mit an Bord sein zu können.

Der Bärtige lächelte, dann räusperte er sich und sprach mit gehobener Stimme: »Sehr geehrte Damen und Herren, es ist mir eine Freude, Sie auf unserer Stocherkahntour auf dem historischen Hafenbecken der Stadt Bad Karlshafen begrüßen zu dürfen.«

Allgemeines Nicken der Fahrgäste.

»Sie können mich auch alle gut verstehen? Of moet ik vandaag Nederlands praten?«

»Nein, nein, machen Sie Ihre Ansprache ruhig auf Deutsch, wir kommen schon viele Jahre nach Deutschland in den Urlaub.« Es war Doktor Jasper van der Kamp, Allgemeinmediziner im Ruhestand, der stellvertretend für die Gruppe antwortete.

Oliver, so der Name des Bärtigen, hätte seinen Vortrag aber ohne Probleme auch auf Niederländisch halten können. Seit die Verantwortlichen in der Stadt erkannt hatten, dass die Holländer immer wichtiger für den Ort wurden, war die Beherrschung wenigstens der Grundkenntnisse dieser Fremdsprache für jeden Fremdenführer seit gut einem Jahr Pflicht. Schließlich kamen die Gäste aus dem Nachbarland immer zahlreicher in die Stadt und begannen, auch eigene Immobilien im Ort zu erwerben.

»Gut. Bevor wir beginnen, einige Sicherheitshinweise: Sie befinden sich in einem speziellen Stocherkahn, wie es sie beispielsweise in Tübingen gibt. Das Hafenbecken ist zwar nicht tief, doch möchte ich Sie in Ihrem Interesse bitten, ruhig sitzen zu bleiben.«

Er fuhr fort: »Die Tour dauert gut fünfundvierzig Minuten. Wir haben das Glück, dass fast alle wesentlichen Sehenswürdigkeiten der Stadt vom Wasser aus erreichbar sind. Und ich garantiere Ihnen, während dieser Zeit bekommen Sie von mir so viele Tipps für weitere Unternehmungen, dass Sie in den folgenden Tagen kaum mehr wissen, wann Sie Gelegenheit zum Essen finden werden.«

Ein Raunen ging durch die Zuhörerschaft.

»Aber das ist doch nur ein kleiner Ort.« Eine Frau, vermutlich zum ersten Mal in der Stadt, hatte sich zu Wort gemeldet.

»Ja, klein war der Ort schon immer. Doch dank der Bad-Karlshafen-Stiftung, des Bürgervereins, der beiden Heimatvereine und der Initiative *Schö-*

nes *Hafenareal* konnten wir in den letzten zwei Jahren mehr verändern, als wir je für möglich gehalten haben. Heute nutzen wir das Potenzial der Stadt, die viel zu lange im Dornröschenschlaf lag, wesentlich besser.«

»Da bin ich aber mal gespannt«, antwortete sie, trotzdem ließen das Heben der Augenbrauen und das Neigen des Kopfes deutliche Skepsis erkennen.

Oliver ging nicht weiter darauf ein, er drängte vielmehr zum Aufbruch: »Nun wollen wir aber. Schließlich möchten Sie sich sicher nicht verspäten?«

»Ich versteh nicht, zu spät zu was?«

»Die berühmte *Seeschlacht vor der Schwaneninsel* – lassen Sie sich einfach überraschen.«

»Sie machen es aber sehr spannend!«

Der Stocherkahnkapitän ignorierte auch diesen Zwischenruf und rief laut nach vorne: »Leinen los!«

Empfänger des Befehls war der kleine Ger, von Oliver ehrenhalber zum Leichtmatrosen befördert. Der Enkel von Doktor und Frau van der Kamp war sichtlich stolz darauf, die Schlaufe aus dem Haken an der sandsteinernen Hafenmauer ausfädeln zu dürfen.

»Aye, aye, Captain«, gab er eifrig zur Antwort.

Die sechs Holländer hielten sich fest, da das Gefährt heftig zu schwanken begann, als Oliver die gut fünf Meter lange Stange tief in den morastigen Hafenboden trieb und sich mit aller Kraft abdrückte.

Die Frau in der blauen Bluse ergriff etwas panisch mit beiden Händen den Rand des Kahns.

»Mevrouw, u moet niet bang zijn.« Er fuhr auf Deutsch fort: »So, dann lassen Sie uns beginnen.«

Sechs Augenpaare waren neugierig auf ihn gerichtet. Er merkte, dass sein Kopf immer noch rot anschwoll, obwohl er die Tour in den letzten drei Jahren unzählige Male erfolgreich absolviert hatte. Erfolgreich hieß in diesem Zusammenhang, dass erstens bislang keiner seiner Gäste über Bord gegangen und er zweitens zu Beginn der Saison Anfang Mai zum *Obersten Kahnfahrer der Stadt* ernannt worden war. Der Bürgermeister selbst hatte ihm das Abzeichen in einer kleinen internen Feierstunde angesteckt. Natürlich gab es Neider: Kai-Uwe, sein Kollege mit der gleichen Diensterfahrung, hatte auch auf diese Auszeichnung gehofft. Ausdruck fand dieser Ärger in den täglich sechs bis acht *Seeschlachten vor der Schwaneninsel*, die sich die beiden seit nunmehr drei Monaten besonders intensiv lieferten. Die Zuschauer hingegen genossen die Show, insbesondere wenn es das eine oder andere Mal auch unter die Gürtellinie ging. Gleich zu Beginn der aufkommenden Streitigkeiten hatte Olli zunächst versucht, Kai-Uwe bei einem Bier im Weser Garten davon abzubringen, die eigentlich zur Unterhaltung gedachten Showeinlagen mit einer derartig persönlichen und krampfhaften Verbissenheit zu führen. Doch regte Ollis Ansinnen Kai-Uwe eher noch mehr auf; fast wären sie aufeinander losgegangen. Der Bürgermeister bekam Wind von der Sache und nahm sich die beiden zur Brust – seitdem klappte es besser. Die immer noch vorhandene Spannung zwischen Olli und Kai-Uwe trug jedoch nicht unwesentlich zum authentischen Erlebnis der *Seeschlacht* bei.

Olli hatte gerade die Geschichte von Landgraf Carl und seinem Kanal zum Besten gegeben und ergriff die Gelegenheit, um sich nun dem Hafenareal im Besonderen zu widmen. »Der Hafen sollte das Herz des Wasserweges nach Kassel darstellen, doch leider ist es unseren Vorvätern in den vergangenen dreihundertneunzehn Jahren lediglich gelungen, ihn für die Nachwelt zu erhalten. Erst vor drei Jahren wurde eine vollständige Restaurierung der Hafenmauer abgeschlossen.«

Sie bewegten sich langsam auf die vier mal vier Meter große Plattform zu, die exakt in der Mitte des Hafens verankert war. Auf der Plattform aus Douglasienholz standen ein Tisch und sechs Stühle. Hatte es geregnet, so konnte man die *Sieburginsel* – wie sie im Volksmund hieß – nicht betreten. Das Holz war nass und dadurch gefährlich glatt. Da die Sonne das hölzerne Eiland bereits längst getrocknet hatte, gab es heute keine Probleme.

»Gehen wir etwa auf die kleine Insel?«, fragte der etwas übergewichtige Mann, der direkt vor Olli ganz hinten im Kahn saß. Er hatte schon beim Einsteigen große Schwierigkeiten gehabt, auf dem schwankenden Gefährt nicht das Gleichgewicht zu verlieren. Doch dank der Hilfe von Olli und Ger konnte die von Han Kogel – so sein Name – erwartete Katastrophe verhindert werden.

Als endlich alle auf der *Sieburginsel* angelandet

waren, bat Olli sie, auf den schweren, weißen Metallstühlen Platz zu nehmen.

»Jetzt fehlt nur noch der Pavillon unter einer großen Eiche, da gehören die Stühle eigentlich hin«, bemerkte Doktor van der Kamp.

Olli stellte sich auf die in Richtung evangelische Kirche gelegene Seite der Insel. »An dieser Stelle, die bislang nur in kalten Wintern und auf Schlittschuhen zugänglich war, befinden Sie sich im Herzen der Barockstadt Bad Karlshafen, sozusagen im Zentrum des Zentrums.«

Er machte eine kurze Pause und trank einen Schluck aus seiner Feldflasche mit dem Hugenottenpaar auf dem Etikett – eines der vielen Merchandisingprodukte, die in den letzten Jahren entwickelt worden und auf den Markt gekommen waren. Man konnte sie in der Kur- und Touristikverwaltung kaufen, aber auch am Kiosk vor der Weinhandlung Römer. Dieser war – errichtet von einheimischen Handwerkern im Jugendstil – das erste Bauwerk aus den Mitteln der Bad-Karlshafen-Stiftung.

Olli machte eine den ganzen Hafen umfassende Handbewegung, die Gäste folgten seinen Händen. »Was Sie hier sehen, sind eine Realschule, eine Drehbrücke, eine Volksschule, eine Zigarrenfabrik, eine hugenottische Weinhandlung, ein Oberforsthaus, ein Lazarett, ein Zollhaus, ein Lagerhaus mit vorgelagertem Wiegehäuschen und das älteste Gebäude der Stadt – das in diesem Jahr den dreihundertneunzehnten Geburtstag feiert.«

Er blickte zu seinem Assistenten: »Ger, ich hab's

nicht so mit der Mathematik: Wann wurde der Ort also begründet?«

Ger war überrascht, auf diese Weise angesprochen zu werden. Doch Olli wusste aus zuverlässiger Quelle, dass Ger ein guter Schüler war, vor allem in Mathematik.

»1699!«

»Genau, Ger, klasse!«

»1999 hat Bad Karlshafen seinen dreihundertsten Geburtstag gefeiert, das war also vor neunzehn Jahren. Lief es in den letzten zwei Jahrzehnten wirtschaftlich nicht so gut für den Ort, hat er sich nun wieder aufgerappelt. Nach einem großen Streit in der Stadt zwischen den Befürwortern und Gegnern einer Hafenöffnung haben die Bürger das Heft selbst in die Hand genommen und angefangen, beispielsweise das Hafenareal in Eigeninitiative selbst zu gestalten.«

Doktor van der Kamp hob die Hand, anscheinend hatte er eine Frage.

»Bitte, der Herr.«

»Wie ist das nun mit der Drehbrücke und dem Forsthaus?«

»Entschuldigen Sie bitte, wenn ich abschweife. Aber uns Bürgern steckt die Zeit der Teilung der Stadt in diese zwei Lager noch furchtbar in den Knochen.« Er holte tief Luft. »Fast alle dieser von mir genannten Gebäude und Bauwerke gibt es heute nicht mehr. Aber gerade von diesem Platz aus kann ich Ihnen am besten erklären, wie die Stadt früher einmal ausgesehen hat. Beginnen wir also am besten mit den beiden erwähnten Schulen.«

Die zwölf Augen folgten Ollis Hand, als er in Richtung der einzigen Ampel des Ortes wies. »Dort, genau an der Ecke, befand sich das erste Schulgebäude der Stadt.«

Schweißperlen liefen über Ollis Stirn, die Sonne brannte. Aber sein Vortrag war lange noch nicht zu Ende. Es war nicht einfach, in fünfzehn Minuten die komplette Geschichte all der aufgezählten Gebäude zum Besten zu geben.

Er schloss seine Rede mit: »Der Gasthof Zum Landgraf Carl ist das älteste Haus der Stadt und mit dem Weinhaus Römer das Einzige, das immer noch seiner ursprünglichen Bestimmung folgt. Alles andere ist Vergangenheit.« Er ging zum Stocherkahn und machte eine einladende Handbewegung: »Gehen Sie nun bitte wieder an Bord.«

Die Gäste folgten seinem Aufruf; diesmal klappte es ohne Murren und ohne Probleme.

Olli wusste, dass nun für die Gäste der Höhepunkt der Tour kurz bevorstand: die *Seeschlacht vor der Schwaneninsel*. Olli hatte den verabredeten Treffpunkt fast erreicht, als Kai-Uwe mit seinen nur fünf Besatzungsmitgliedern unter der Teufelsbrücke hindurchfuhr. In zwei Minuten würde es so weit sein und die Schlacht würde beginnen.

Er beobachtete seinen ungefähr vierzig Meter weit entfernten Gegner genau: Kai-Uwe hatte bereits mit dem angefangen, was er bislang versäumt hatte: Seine Truppen zu sammeln und sie auf den bevorstehenden Kampf einzuschwören. Doch irgendwie hatte Olli heute keine Lust dazu. Auf der anderen Seite hätte er in dem Wortgefecht nicht die geringste Chance, bekäme er nicht Unterstützung durch seine Crew.

Aber es war zu spät, inzwischen hatte sich der Feind bereits bis auf gut zehn Meter genähert.

»Hey da, was sucht Er da in meinem Revier?«

Olli musste antworten: »Seinem Revier, was bildet Er sich ein?«

Im Folgenden ging es um die jeweils »Armen Klabautermänner« im anderen Kahn, das »Haifutter auf dem heruntergekommenen Seelenverkäufer«, den bevorstehenden »Transport nach Amerika« und die Beleidigung der jeweils anderen Ehefrau beziehungsweise Lebensgefährtin.

Oben an der Hafenmauer hatten sich bereits ein paar Schaulustige versammelt, die bei jedem verbalen Ausbruch begeistert applaudierten. Da gerade Schulschluss war, waren auch einige Schüler darunter. Kein Wunder, eine Schulstunde war wenige Minuten zuvor zu Ende gegangen und sie befanden sich auf dem Heimweg. Zwar kannten sie das Spektakel schon, aber war es doch jedes Mal wieder ein Spaß!

Kai-Uwe forderte seine Gäste auf, »den jämmerlichen Kahn zu entern« und die »erbärmlichen Gestalten zu shanghaien«.

Olli hielt dagegen: »Du wirst dich mit deinem elenden Seelenverkäufer sogar auf diesem kleinen Hafen verirren« und nannte ihn »Käpt'n Iglo auf großer Fahrt«.

Aber schon bald brauchten sich Kai-Uwe und Olli nur noch zurückzulehnen und die Früchte zu ernten, die sie gesät hatten: Nach den einleitenden

Beschimpfungen fielen die Mannschaften beider Kähne mit Inbrunst übereinander her – umso mehr, als dass es der Zufall so wollte, dass es sich um einen rein niederländischen und einen rein deutschen Kahn handelte.

Olli und Kai-Uwe schauten sich das Schauspiel einige Minuten an. Gerade bevor ein Gast der deutschen Crew den niederländischen Schiffsjungen Ger mit seinem riesigen Regenschirm aufspießen konnte, beendete Kai-Uwe das Gemetzel: »Schluss für heute, gerade bekommen wir die hochherrschaftliche Ordre, dass unsere Admirale nun Verbündete sind und dass wir all unsere Kräfte bündeln müssen – im Kampf gegen die Piraten aus Beverungen. Also, es sei Frieden im Sinne der Völkerverständigung!«

Die beiden Kapitäne kannten die nun folgenden Reaktionen: Hatten sich die Gäste gerade schön warm geschimpft, so mussten sie nun Frieden schließen. Olli und Kai-Uwe kannten das laute »Ohhh!« und die Enttäuschung in den Gesichtern bereits zu Genüge. Jeweils ein Mitglied der Besatzung wurde auserwählt, um als Parlamentär per Handschlag symbolisch Frieden zu schließen. Auf Seiten des deutschen Kahns war es die junge Mutter mit dem Bubikopf, die niederländische Friedensstifterin war die immer elegant gekleidete Frau van der Kamp.

Die beiden Kähne entfernten sich wieder voneinander und wie immer gab es zwischen den Gästen der beiden Kähne eine feurige Diskussion mit Aussprüchen wie: »Wir hätten sie alle in Grund und

Boden geredet!« oder »Die hatten doch nicht den Hauch einer Chance!«

Sie fuhren an dem mit einer Leine abgegrenzten Bereich der Schwaneninsel entlang.

Olli begann zu erzählen: »Obwohl der Hafen nun befahren werden darf, haben die Tiere auf der Schwaneninsel ihr eigenes Rückzugsgebiet. Früher hatten wir hier auch Schwäne im Becken, doch seit dem Bootsbetrieb haben sie sich leider ein anderes Revier gesucht. Lediglich im Frühjahr und im Herbst lassen sie sich ab und zu im Hafen sehen.

In dem Moment, als Olli sich mit seinem Kahn genau auf der direkten Linie zwischen Rathaus und evangelischer Kirche befand, forderte er seine Gäste auf, ihren Blick nach oben zu richten – senkrecht nach oben.

»Sehr verehrte Damen und Herren, was sehen Sie?«

Fragende Blicke wechselten zwischen dem kleinen Stück blauen Himmels direkt über ihnen und dem Fremdenführer hinten in ihrem Kahn hin und her.

»Nichts –was sollen wir denn sehen?« Ger war zwar gut in Mathematik, hier hatte er aber auch keine Idee.

Olli wusste, dass er die Spannung sogleich auflösen musste: »Es war Anfang der Achtziger Jahre, als genau über uns ein Drahtseil zwischen dem Rathausturm und dem Kirchturm der evangelischen Kirche gespannt wurde und ein Seiltänzer über das Seil lief – hoch über dem Hafenplatz.«

Erstaunte Gäste fingen an, miteinander zu debattieren: »Geht denn das?« – und – »Ist das denn nicht viel zu gefährlich?«

Olli ließ die Gruppe einen Moment diskutieren, während er den Kahn weiter in Richtung Teufelsbrücke stak. Dann unterbrach er die lebhafte Diskussion und erläuterte die Geschichte.

»Ja, es war ein junger Seiltänzer, der dort oben über das Seil lief. Kunststücke machte er keine, doch lief er mit seiner langen Stange vom Rathaus kommend hoch über der Stadt in Richtung Kirche. Das war vielleicht ein Menschenauflauf hier im Ort!«

»Haben Sie es auch gesehen?«, fragte Doktor van der Kamp.

»Nein, leider nicht. Ich habe damals noch als Bademeister im ehemaligen Mineralfreibad gearbeitet. Ich wäre mit Freude dabei gewesen, doch bedauerlicherweise hatte ich keine Gelegenheit, meinen Dienst zu tauschen.«

Olli sah das Bedauern in den Gesichtern der Menschen. Wenn sie es schon nicht selbst miterleben konnten, hätten sie wenigstens gerne jemanden gekannt, der das Ganze mit seinen eigenen Augen gesehen hatte.

Ein Schatten kroch über den Kahn, als sie die kleine Fußgängerbrücke erreichen, die über den Kanal führte.

»Diese kleine Brücke hier hat eine wichtige Funktion für die Menschen, die sich in der Innenstadt bewegen. Stellen Sie sich mal vor, Sie wollen vom Café Sieburg zum Hotel Zum Schwan laufen, um dort Ihr Drei-Gänge-Menü einzunehmen.

Wenn Sie den Weg über die Teufelsbrücke nehmen, haben Sie Ihr Ziel in weniger als zwei Minuten erreicht. Vor fünf Jahren, als die Hafenmauer aufwendig saniert wurde, war auch die Brücke demontiert. Damals musste jeder, der den beschriebenen Weg gehen wollte, an der Rosenapotheke vorbei über die Lazarettbrücke in die Conradistraße einbiegen, um am Antiquariat Schäfer vorbei zum Hotel Zum Schwan zu gelangen.«

Die Frau in der blauen Bluse hob ihren Arm, »Und warum heißt diese Brücke Teufelsbrücke?«

Olli wusste, dass diese Frage gestellt werden würde. Hieße die Brücke Brückle, Bismarck-Brücke oder gar Erwin-Menke-Brücke, so hätte ihr Name keinerlei Interesse hervorgerufen. Brückle war klar, der Name Bismarck war selbst jedem Niederländer bekannt und für Erwin Menke hätte sich mit Verlaub kein Schwein interessiert. Die Kollegen hatten im Rahmen einer Weihnachtsfeier und nach dem einen oder anderen Glas Rotwein überlegt, wie diese kleine Brücke zu ihrem Namen gekommen sein könnte. Kai-Uwe hatte den Vorschlag gemacht zu verbreiten, dass schon mehrfach Quartalssäufer über das Geländer in das kalte Wasser des Hafens gefallen seien und dass sich der Teufel gezielt die Säuferseelen holen würde, wenn sie über die Brücke schwankten. Hermann, ein inzwischen im Ruhestand befindlicher Kollege, hatte den Namen darauf zurückgeführt, dass jeder Sünder, der über diese Brücke ging, nicht im Himmel, sondern in der Hölle landete. Olli hingegen hatte sich seine eigene Geschichte ausgedacht. In ihr hatte ein Schulmeister früherer Jahre mit dem Teufel gewettet, dass seine Schüler nicht über die Brücke gehen würden, egal mit was der Teufel sie lockte. Durch eine List gewann der Schulmeister die Wette, gestand dem in Selbstmitleid verfallenen armen Teufel jedoch zum Trost zu, dass die Brücke fortan seinen Namen tragen durfte.

Olli überlegte kurz, welche der drei Geschichten er seinen Gästen heute auftischen wollte. Die Schulgeschichte sollte es sein und so begann er zu erzählen.

Die Frau in der blauen Bluse blieb einen Moment still, doch bevor sie etwas sagen konnte, legte der neben ihr sitzende Ehemann los: »Das ist doch unmöglich.«

Eine kurze Pause: »Wie können Sie uns so eine Geschichte erzählen?«

»Nur ruhig, meine Damen und Herren.« Olli sprach bewusst nicht weiter, um ihre Aufmerksamkeit zu erhalten. »Wie Sie wissen, befinden wir uns hier im Märchenland der Brüder Grimm, die Sie ja sicherlich alle kennen.«

Allgemeines Nicken: Selbstverständlich kannten alle hier Grimms Märchen.

Olli holte tief Luft und fuhr fort. »Und warum sollte es nicht auch eine Geschichte mit dem Teufel geben, wenn Sie fraglos den Märchen um den Fischer und seine Frau, Rotkäppchen und Frau Holle Glauben schenken?«

»So gesehen haben Sie natürlich recht!« Der Wortführer der Protestbewegung setzte sich wieder bequem zurück, hatte er sich zuvor doch weit nach vorne gebeugt, um seinen Worten mehr Gewicht zu geben.

»Mein Kollege Christoph Schüler hätte Ihnen vermutlich erzählt, dass der frühere Stadtverordnete Siegmund Teufel sich im Rat der Stadt vehement für die Errichtung der Fußgängerbrücke eingesetzt hat. Doch diesen Siegmund Teufel gab es nie. Die Wahrheit ist, dass wir nicht wissen, woher die Brücke ihren Namen bekommen hat.« Olli sah in jedes der sechs Gesichter. Er wusste nun, dass sie die Erklärung akzeptiert und auch verstanden hatten, dass es die Aufgabe der Stadtführer war, ihre Geschichten interessanter zu machen. Wichtig war nur, dass man die Gäste nicht mit einer faustdicken Lügengeschichte zurück nach Hause schickte.

Olli fuhr mit seinen Ausführungen fort – sie waren bereits etwas unter Zeitdruck. »Dieser kleine Kanal sollte den Hafen mit der Diemel verbinden. Wir fahren jetzt bis zur Lazarettbrücke, dort ist der Scheitelpunkt unserer Tour und wir müssen wieder zurückfahren. Aber bis dahin kann ich Ihnen noch einige interessante Dinge über das Hotel Zum Schwan und vor allem das Invalidenhaus erzählen.«

Gespannt lauschten die Mitfahrer den Worten über das Invalidenhaus. Doch noch mehr interessierte sie die Geschichte des Hotels Zum Schwan, das sich durch die Initiative von Carl Daniel Stunz von einer einfachen Gastwirtschaft zu einem mondänen Hotel für die gehobene Gesellschaft entwickelt hatte. Die ihnen im Rücken befindliche älteste Apotheke im Ort – die Rosenapotheke aus dem Jahr 1750 – nahmen sie nur noch als Randnotiz wahr.

Olli hatte mit seiner Besatzung bereits wieder das große Hafenbecken erreicht, da richtete er – wie immer – die Frage an seine Gäste: »So, nun sollten wir die kommenden Minuten noch für Fragen nutzen. Was möchten Sie also noch wissen?«

Olli wusste nie, was da jetzt auf ihn zukommen würde. Meist konnte er sich nicht retten vor Fragen: Geschichtliches oder wann der Turm der Kirche das letzte Mal gestrichen wurde, wie man zum Hugenottenturm kam oder wo man in der Stadt am besten ein Glas Wein trinken könne – all diese Fragen konnte er beantworten. Schwieriger wurde es, wenn die Leute sich für die politische Situation der Stadt interessierten oder sich darüber monierten, dass es in der Kernstadt keinen Supermarkt gab. Da musste er vorsichtig sein, dass er nichts Falsches sagte.

Die Wunden dieses fürchterlichen Streits, der in den letzten Jahren über die weitere Entwicklung geführt worden war, waren vielleicht nicht mehr offen, aber lange noch nicht verheilt. Der Bürgermeister legte daher höchsten Wert auf Loyalität ihm und der Stadt gegenüber. Er hatte aus den Fehlern der Vergangenheit gelernt und erkannt, dass es wichtiger ist, gemeinsam die Zukunft in die Hand zu nehmen, als brachial an den Bürgern vorbei seine Vorstellungen durchzusetzen.

Wie so oft antwortete Olli also ausweichend. Er hatte – genauso wie Kai-Uwe – sich mit der Zeit ein gewisses diplomatisches Geschick angeeignet, wie sie derartige Situationen meistern und die rauesten Klippen der örtlichen Befindlichkeiten umschiffen konnten.

Heute hatten die Leute zumeist harmlose Fragen. Beispielsweise interessierte sich Frau van der Kamp dafür, was denn Hermann Löns mit Bad Karlshafen zu tun hätte, schließlich habe sie auf einem Stadtplan einen Hermann-Löns-Platz entdeckt.

Olli beantwortete die Frage souverän: »Wir haben es dem Heimatverein zu verdanken, dass der in einen Dornröschenschlaf gefallene Platz wiederentdeckt und auch wiederhergerichtet wurde. Seinerzeit wurde Kontakt mit der Hermann-Löns-Gesellschaft aufgenommen. Hier sollte in Erfahrung gebracht werden, ob der Heidedichter selbst einmal im Ort war oder in dessen Wäldern auf die Jagd gegangen ist. Hermann Löns war nämlich ein leidenschaftlicher Jäger. Leider konnte seine Anwesenheit nie restlos bestätigt werden.«

Wie immer, wenn es um den Heidedichter ging, war es ihm wichtig, auch noch eine Anmerkung zu Löns' rassentheoretischen Ansichten zu verlieren. Hier wusste er, dass er nicht unbedingt im Einvernehmen mit der Stadtverwaltung und dem Heimatverein handelte. Olli, kein Freund rechtspopulistischer Gruppierungen, ging es in dieser Frage allein ums Prinzip. Geschadet hat es ihm bislang glücklicherweise noch nicht.

Er schaute in die Runde: »Gibt es noch weitere Fragen?«

Die Leute schüttelten den Kopf oder waren bereits in Gespräche vertieft.

»Gut. Dürfte ich Sie dann noch einmal um Ihre Aufmerksamkeit bitten?«

Die Unterhaltung verstummte.

»Wir sind nun am Ende unserer Tour angelangt und ich hoffe, es hat Ihnen gefallen. Mir auf jeden Fall hat es Spaß gemacht, Ihr Stocherkahnkapitän sein zu dürfen. Wir hoffen, Sie bald noch einmal auf einer unserer Touren begrüßen zu dürfen.«

Die Frau mit der blauen Bluse hob ihren Arm.

»Ja, bitte«, sprach Olli sie an.

»Warum gibt es diese Tour nicht auch regelmäßig auf Niederländisch? Ich würde das nächste Mal gerne mal meine Mutter mitbringen.«

»Derzeit bieten wir so etwas noch nicht an, das ist richtig. Aber wir stehen in guten Kontakt mit unserer Partnerstadt 's-Gravenzande, um sprachliche Unterstützung zu erhalten und gegebenenfalls niederländischsprachige Führungen anbieten zu können. Haben Sie noch ein wenig Geduld, dann wird es diese Touren geben. Wie Sie vermutlich wissen, gibt es bereits einmal in der Woche eine niederländische Stadtführung, geleitet von meinem Kollegen Christoph Schüler. Sollten Ihre Deutschkenntnisse ausreichen, so kann ich Ihnen die verschiedenen Stadtspaziergänge empfehlen. Wir haben eine Stadtführung zum Thema *Carlsbahn* oder die Drehortführung zum Film *Der Winter, der ein Sommer war*. Auch möchte ich Ihnen die sogenannte Brückentour ans Herz legen. Vielleicht erzählt Ihnen der Christoph dann auch noch eine ganz andere Geschichte über die Teufelsbrücke.«

Zufrieden gingen die Gäste von Bord. Die nächsten sechs Passagiere warteten schon ungeduldig auf ihr Abenteuer.

»Empfehlen Sie uns bitte weiter!«, rief Olli ihnen noch hinterher.

Die Anzahl an Voranmeldungen für die Stocherkahntouren auf dem Hafen, das wusste er, machten diese Bitte eigentlich überflüssig.

– E N D E –

Mach mit beim Volkswandertag!

Eine große Menschenmenge hatte sich am Hafenplatz versammelt. Es war ein kühler Tag, doch wenigstens regnete es nicht. Die gut fünfhundert Menschen trugen festes Schuhwerk und hatten Wanderkleidung angezogen; einige hatten Stöcke, andere nicht. Was sie jedoch einte, war, dass sie eine wahlweise leuchtend-grüne, leuchtend-gelbe oder gar leuchtend-rote Plakette deutlich sichtbar am Revers oder an der Jacke trugen. Manche hatten das Erkennungsmerkmal des *Zweiten Bad Karlshäfer Volkswandertages* auch an ihrem Hut oder ihrer Mütze angebracht. Diese Plaketten waren der Nachweis dafür, dass man die Startgebühr entrichtet hatte und damit berechtigt war, in einer von drei Touren den Reinhardswald und Teile des Sollings zu erkunden.

Man wartete auf den Bürgermeister, der eigentlich pünktlich um zehn Uhr vor die Menschen treten sollte. Viel erwarteten sie nicht von seiner Rede – gerade weil er im letzten Jahr eine geschlagene halbe Stunde zu den Wanderfreunden gesprochen hatte. Nur stand er an jenem Morgen geschützt unter den Bögen des Rathauses, während die damals immerhin auch schon mehr als dreihundert Wanderlustigen im Sprühregen stehen mussten.

Ein Grummeln nahm in den ersten Reihen seinen Anfang und pflanzte sich in Windeseile nach hinten fort – jemand hatte ihn erblickt. Oder zumindest gemeint, ihn gesehen zu haben. Und in der Tat, Bürgermeister Müller trat vor das Pult. Ein Pfeifen aus den links und rechts des Rathauses aufgestellten Lautsprecherboxen ließ die Menschen zusammenfahren.

»Sorry, Freunde.«

Er kruschtelte noch ein einmal an seinem Mikrofon, dann begann er die mit mehr oder weniger Spannung erwartete Rede.

»Guten Morgen, liebe Wanderfreundinnen und Wanderfreunde, ich freue mich, dass Sie heute so zahlreich erschienen sind. Im Vergleich zu vergangenem Jahr konnten wir die Zahl der angemeldeten Teilnehmer von dreihundertneunzehn auf fünfhundertfünfzig fast verdoppeln. Und zum Glück hat es Petrus ja heute gut mit uns gemeint.«

Er machte eine kleine Pause. Die Menschen lachten, sie waren ihm also nicht mehr böse wegen der langen Rede im letzten Jahr.

»Bevor ich auf die Formalitäten eingehe und die verschiedenen Wanderstrecken erläutere, lassen Sie mich zunächst einmal über Geld sprechen.«

Ein Raunen ging durch die Menge. Das Thema war für die Leute immer noch unangenehm; nur mit Mühe war man auf dem Kurs, aus dem Rettungsschirm des Landes entlassen zu werden.

»Keine Angst, Freunde, ich will euch keine neuen Hebesätze unterjubeln. Die heutigen Verlautbarungen sind ganz und gar positiv: Von den von euch entrichteten Startgeldern wandern ja nach gewählter Strecke zehn, zwanzig oder dreißig Euro in einen großen Topf, um die Attraktivität der Stadt und ihrer Umgebung weiter zu steigern. Ich darf allen hier heute sagen – viele werden es bereits wissen, ich kenne ja den Flurfunk im Ort – dass die Koordinationsgruppe, bestehend aus Abgeordneten der Gemeindevertretung, der Heimatvereine, des Bürgervereins Karlshafen-Helmarshausen, der Bad-Karlshafen-Stiftung und der Bad Karlshafen GmbH, sich darauf verständigt hat, dem alten Wanderpass wieder Leben einzuhauchen. Ab dem kommenden Jahr wird es also aufs Neue möglich sein, die bronzene, die silberne und die goldene Wandernadel zu erwandern.«

Applaus kam auf. Der Bürgermeister machte eine künstliche Pause und genoss merklich die – wenn auch schüchternen – Ovationen. Dann hielt er ein hellgrünes Heft in die Höhe.

»Hier seht ihr die erste Version der *Sieburg-Wandernadel*. Wir werden in den kommenden zwölf Monaten die Strecken in Schuss bringen und auch wieder Stempelstellen einrichten. In dieser Hinsicht sind wir natürlich auch auf eure Hilfe angewiesen: Wir brauchen Freiwillige, die die Wege in Ordnung bringen und somit bewanderbar machen. Wir würden dazu – ein Vorschlag des Bürgervereins – gerne einen Wanderverein gründen, der nicht nur die Wege pflegt, sondern auch zukünftig die Organisation des *Bad Karlshäfer Volkswandertages* übernimmt. Freiwillige können sich ab sofort in der Kur- und Touristikverwaltung der Stadt Bad Karlshafen anmelden.«

Der Bürgermeister bemerkte die aufkommende Unruhe, deshalb fuhr er schnell fort:

»Wir ihr alle wisst, gibt es drei Wanderstrecken, die es heute zu bewältigen gilt. Und egal, welche Strecke ihr wandert, jeder von euch ist für mich jetzt schon ein Gewinner. Die erste und kürzeste Strecke führt den Triftweg hinauf und über den Herbert-Mager-Weg zum Charlottenstein. Von da aus geht es über den neugestalteten Hermann-Löns-Platz zur Schutzhütte Königsberg. Am Jugendgästehaus Helmarshausen vorbei lauft ihr dann gemeinsam hinunter in den Ort. Über den Sonnenweg kehren die Wanderer der ersten Gruppe wieder zurück nach Bad Karlshafen. Alle anderen laufen durch den Ort und hinauf zur Krukenburg. Am Waldrand entlang geht es an Carlsplatz und Juliushöhe vorbei zum Hugenottenturm. Gehen alle zusammen noch bis zum nahegelegenen Sängertempel, führt Wanderstrecke 2 den neu hergerichteten Weg über Deichmannsgrotte hinab zur B 83 und wieder nach Bad Karlshafen zurück. Die ganz hart Gesottenen wandern über das Dreiländereck weiter nach Herstelle. Dort setzen sie mit der Fähre über nach Würgassen, wo sie den Weg zum Weser-Skywalk in Angriff nehmen. Über den Klippenweg kehren Sie nach Bad Karlshafen zurück.«

Er machte eine kurze Pause, um seine Worte wirken zu lassen.

»Habt ihr dazu Fragen?

Als sich niemand meldete, fuhr er fort:

»Ich danke ganz herzlich denjenigen, die diese herrliche Einrichtung des Volkswandertages mit ihren großzügigen Spenden möglich gemacht haben. Einen herzlichen Dank auch an die Jugendfeuerwehren der beiden Ortsteile, ohne deren logistische Unterstützung eine Veranstaltung wie diese nicht möglich wäre. Mein Dank geht auch an all die engagierten Menschen namentlich aus der Gemeindevertretung, den Heimatvereinen, dem Bürgerverein, der Bad Karlshafen-Stiftung und der Bad-Karlshafen-GmbH. Nicht zuletzt möchte ich meinem Mitarbeiter, Herrn Klaus Deventer, danken, bei dem immer alle Drähte zusammenliefen und der mich stets auf dem Laufenden gehalten hat.«

Bürgermeister Müller bemerkte abermals die Unruhe in der Menge; sie wollte endlich loslaufen.

»Eines noch, bevor ihr gleich den Triftweg hochstürmt: Jede Tour wird von sogenannten Wanderführern begleitet. Sie werden sich unter die Wanderer mischen und dafür sorgen, dass sie gleichmäßig im Feld verteilt sind. An sie könnt ihr euch wenden, wenn ihr ein Problem habt oder nicht mehr weiterkönnt. Ihr erkennt sie an den orangefarbenen Westen.«

Ein Mitarbeiter reichte dem Bürgermeister eine hölzerne Kiste, aus der dieser eine schwarze Schreckschusspistole entnahm.

»Mögen euch Stock und Stein nicht brechen euer Gebein!«

Der Schuss knallte, so manch einer rieb sich danach das Ohr. Nach einem zünftigen »Auf geht's!« setzte sich die Menschenmenge in Bewegung. Der Tross stockte bereits wenige Sekunden später, da als erstes Hindernis der Strecke die Teufelsbrücke als Nadelöhr überwunden werden musste.

*

Stephan und Sabine waren schon ganz schön am Schnaufen, vielleicht hatten sie den steilen Triftweg doch unterschätzt. Doch so schlimm war das auch wieder nicht, schließlich hatten sich die beiden für heute nicht so viel vorgenommen, lediglich die kleine Strecke stand für sie auf dem Programm.

»Mensch, wenn ich das gewusst hätte!«

»Du musst ja auch nicht wie der gedopte Lance Armstrong an seinen besten Tagen den steilen Berg heraufstürmen.«

Sabine hatte ja recht, daher war seine Erwiderung leidlich schwach: »Man wird halt nicht jünger.«

Stephans Frau war mittelgroß und hatte im Gegensatz zu ihm eine wenigstens halbwegs sportliche Figur. Hatte sich der »vollbärtige Waldschrat«, als den ihn seine Frau ab und an bezeichnete, in seinen alten Joggingschuhe gequält, so trug Sabine – »Maja« als direkte Antwort auf den »Waldschrat« – ihre neuen Bergschuhe. Auch hatte sie extra die schwere Wanderjacke imprägniert, man konnte ja nie wissen. In ihr war es ihr nun aber zu warm, darum zog sie sie lieber aus. Sabine ging oft und gerne wandern, im Gegensatz zu Stephan. Daher lief sie oft ohne ihren Mann, aber mit den beiden Hunden, stundenlang durch den Wald und erkundete die vergessenen Orte und verlorenen Wege in Reinhardswald und Solling. Ihr war es unter anderem zu verdanken, dass der längst verfallene Hermann-Löns-Platz nun wieder in alter Schönheit bestand und es sogar Hinweisschilder an den beiden Zuwegen gab.

Sabine hielt an und der einen Meter hinter ihr laufende Stephan lief auf sie auf.

»He, was ist los?«, grummelte er etwas säuerlich.

»Hier müssen wir jetzt links rein.« Sie wies mit der Hand in die entsprechende Richtung.

»Dann muss das hier nun der Herbert-Mager-Weg sein?«

»So sagt man«, antwortete »Maja«.

»Ich hab es ja schon wieder vergessen, aber wer war dieser Herbert Mager noch mal? Und warum bekommt er hier oben im Wald seinen eigenen Weg?«

Sie gingen zunächst an der Schranke vorbei, bevor sie ihm antwortete. »Das Erste kann ich dir sagen, das Zweite nicht.«

»Jetzt mach's nicht so spannend!«

»Herbert Mager war ein expressionistischer Landschaftsmaler, der lange in Karlshafen gelebt hat. Er hat unter anderem den Fahlenberg in Helmarshausen, eine Stadtansicht von Bad Karlshafen, den Hugenottenturm mit Sängertempel, die Juliushöhe und die Krukenburg gemalt. Nicht zu vergessen sein Bild vom Haus Alt Carlshaven«.

»Noch nie gehört.«

»Das wundert mich nicht, wenn du immer nur Fußball guckst und Bildzeitung liest. Aber du hast Glück, es soll in nicht absehbarer Zeit hier in Karlshafen eine Ausstellung über den Maler Herbert Mager geben.«

»Eine Ausstellung, hier in Karlshafen?«

»Ja, seitdem das Hugenottenmuseum und das Heimatmuseum wieder so gut laufen, hat man sich entschlossen, die meist in Privatbesitz befindlichen Werke von Herbert Mager einmal an einem Platz zu konzentrieren und sie auszustellen. Und wo könnte das besser als hier in Bad Karlshafen stattfinden?«

»Wo soll das denn sein?«

»Zuerst wollten sie den letzten noch leerstehenden Laden in der Weserstraße dafür nutzen. Aber aus Sicherheitsaspekten nehmen sie nun doch den Ausstellungsraum im Hugenottenmuseum.«

»Wann fängt denn die Ausstellung an?«

»Zunächst sollte sie am 1. Juni 2018 eröffnet werden, auf den Tag genau zum 130. Geburtstag des Malers.«

»Aber?« Stephan kratzte sich am Kopf – etwas, was er immer tat, wenn er nachdachte.

»Aufgrund der schwierigen Gespräche mit den Eigentümern kann sich das Ganze noch um ein, zwei Jahre verzögern.«

»Ich ...« Doch, bevor Stephan widersprechen konnte, fiel sie ihm ins Wort.

»Es soll sogar ein paar begleitende Veranstaltungen geben. Vermutlich auch einen Filmabend mit der Aufführung des Dokumentarfilms vom Hessischen Rundfunk – mit anschließender Gesprächsrunde.«

»Woher weißt du das alles nur?« Wieder kratzte sich Stephan am Kopf. Er konnte sich das einfach nicht vorstellen.

»Du solltest mal unser Kulturblättchen lesen. In

der ersten Ausgabe vom Quartal 2018 gab es einen ausführlichen Bericht über den Maler und seine Bilder. Außerdem habe ich mit Christina gesprochen, die ist seitens der Stadt Projektleiterin.«

»Den Artikel hab ich nicht gesehen«, gab Stephan kleinmütig zu.

»Kein Wunder – wenn du immer deine Kickerhefte auf dem Tisch liegen lässt und das Blättchen darunter begräbst.«

Sie hatten sich so angeregt unterhalten, dass sie fast die Abzweigung zum Charlottenstein verpasst hätten.

»Das sieht ja hier oben wieder richtig manierlich aus!«

Sabine schluckte, sie wollte doch ihrem Mann nicht schon wieder Vorwürfe machen. »Ja, der Orkan Niklas hat vor drei Jahren den Abendfrieden quasi freigelegt, doch in den letzten Jahren ist das alles wieder ganz ordentlich angewachsen. In ein paar Jahren wird man aber nichts mehr sehen.«

Sabine blieb stehen, nahm ihren Rucksack ab und suchte nach ihrer Wasserflasche. »Mist«, rief sie aus, »jetzt habe ich doch tatsächlich mein Wasser zu Hause auf der Spüle stehen lassen.«

»Endlich einmal etwas, an dem ich nicht schuld bin oder was ich nicht falsch gemacht habe«, dachte sich Stephan im Stillen. Doch so einfach war das mit Sabine nicht.

»Nur weil du so getrödelt hast, musste es am Schluss so schnell gehen.«

»Es wäre auch zu schön gewesen«, grummelte er vor sich hin.

»Was?«

»Ach nichts.« Stephan hatte keine Lust, sich mitten im Wald und unter all den Leuten mit seiner Frau zu streiten. Stattdessen versuchte er sie zu beruhigen: »Wir haben gleich die Schutzhütte Brandenberg erreicht, da kriegen wir in der schattigen Hütte ein kühles Getränk von der Freiwilligen Feuerwehr.«

»Du weißt aber auch gar nichts: Die Schutzhütte gibt es doch schon lange nicht mehr. Wenn wir Glück haben, steht da heute ein Zelt.«

Stephan grollte weiter, doch sprach er seinen Gedanken nicht aus: »Und wenn ich ein bisschen Glück habe, verknackst du dir kurz vor der Hütte den Fuß und ich kann alleine weiterlaufen.«

Aber diesen Gefallen tat sie ihm nicht.

*

Achim, Christian und Peter warteten gespannt auf die Rede des Vorsitzenden des Heimatvereins Bad Karlshafen, der in diesem Jahr erstmals eine geführte Wanderung anbot, um unabhängig von den Streckenschweinen immer wieder inne zu halten, um an bestimmten Orten die Geschichte eines Bauwerks oder eines Gedenkplatzes zu erläutern. Die erste Station war der Charlottenstein.

Rund fünfzig Personen standen auf dem kleinen Platz vor der künstlichen Ruine. Einige hatten sich ins Gras gesetzt, andere kamen auch schon vom ersten Ausflug aus der Fichtenschonung zurück – zu viel Kaffee am Morgen?

Man wartete noch – zum zweiten Mal an diesem Tag – auf den Bürgermeister, der diesen Weg natürlich auch zu Fuß absolvieren musste. Die Wege waren zwar in Ordnung gebracht worden, doch selbst der Bürgermeister konnte nicht so mir nichts dir nichts vor dem alten Gemäuer vorfahren.

Der Charlottenstein erstrahlte im alten Glanz. Man hatte in den vergangenen zwei Jahren die Treppe repariert, das Geländer erneuert und insgesamt dafür gesorgt, dass das in den letzten Jahren baufällig gewordene Türmchen wieder betreten werden konnte. Heute endlich hatte man das aus Sicherheitsgründen jahrelang im Wind raschelnde rot-weiße Flatterband gegen ein hellblaues, viel feierlicher scheinendes Band ausgetauscht. Wenige Minuten nachdem der Vorsitzende des Heimatvereins seinen Vortrag gehalten (für jede Station waren fünfzehn Minuten vorgesehen) und der Bürgermeister ein paar salbungsvolle Worte gesprochen hatte, würden beide – zünftig und wie es sich für ein Bauwerk mitten im Wald gehört – mit einem Schweizer Taschenmesser das Band durchschneiden und damit die Ruine wieder für die Öffentlichkeit freigeben.

Da endlich kam der Bürgermeister; der Vorsitzende konnte mit seiner Rede beginnen. Er hatte sich oben auf dem Charlottenstein postiert, damit ihn alle gut sehen konnten. Und dank seiner kräftigen Stimme hatte der zirka sechzigjährige Mann keine Schwierigkeiten, gut verstanden zu werden.

»Liebe Freundinnen und Freunde unserer heimatlichen Kultur, ich freue mich ganz besonders, heute die Gelegenheit zu haben, zwei Fliegen mit einer Klappe zu schlagen.«

Er holte tief Luft und schaute mit intensivem Blick durch die Reihen, sodass jeder das Gefühl haben musste, er würde nun persönlich angesprochen.

»Ich freue mich vor allem, dass Bürgermeister Müller heute persönlich hierher gekommen ist, um den Charlottenstein wieder für die Öffentlichkeit freizugeben. Nach anfänglichen Schwierigkeiten sind wir stolz, dass ab heute wieder jeder dieses mittlerweile 93 Jahre alte Bauwerk wird erklimmen können.«

Der Bürgermeister stellte sich vor der Treppe in Pose und winkte der Menge zu. Dazu brachte er sein breitestes Lächeln an den Start. Obwohl er wusste, dass er für die kommenden Minuten erst einmal Sendepause hatte, konnte er sich ein lautes und joviales »Danke!« trotzdem nicht verkneifen.

Der Redner ergriff nun endgültig das Wort: »Versetzen wir uns mal für einen Augenblick zurück in das Jahr 1925: Der Held von Tannenberg, Paul von Hindenburg, wurde in diesem Jahr zum Reichspräsidenten gewählt. Im gleichen Jahr begannen auch die Dreharbeiten des Stummfilmklassikers Metropolis von Fritz Lang. Es war für uns vor allem das Jahr, in dem der 1892 geborene Alfred von der Stein damit begann, den Charlottenstein zu errichten. Warum er es tat, dazu komme ich später. Wie er es tat? Das ist schwer zu sagen. Besucht man auf seinem Sonntagsspaziergang diesen kleinen Aussichtsturm, so kann man sich kaum vorstellen, wie Alfred von der Stein es logistisch fertiggebracht hat, die notwendigen Baumaterialien und Hilfsmittel, wie Baumaschinen und Gerüste, dort hinzubringen. Vor allem mit dem Wissen, dass er nur in den jährlichen Sommerferien an seinem Turm arbeiten konnte. Von der Stein kam ja noch nicht mal hier aus der Gegend, er war Studienrat am Helmholtz-Gymnasium in Essen. Begonnen hat er, wie bereits erwähnt, im Sommer 1925. Es ist nicht überliefert, ob er wirklich jeden Sommer an seinem Charlottenstein weitergebaut hat. Zudem ist nicht sicher, ob er sein Werk 1940 als fertig betrachtet hat. Vielleicht wurden die Arbeiten aufgrund seiner Einberufung in die Wehrmacht auch nur unterbrochen – zu einem Zeitpunkt, an dem er bereits achtundvierzig Jahre alt war. Fortsetzen konnte er seine Arbeit auf jeden Fall nicht mehr; er ist am 31. August 1944 gefallen.

Bevor ich schließlich dazu komme, warum Alfred von der Stein den Charlottenstein errichtet hat, ein Gedanke dazu, was wir uns an ihm für ein Beispiel nehmen sollten: Von der Stein hat damals etwas geschaffen, an dem wir noch heute Freude haben. Das lehrt uns zweierlei: Erstens sollten wir viel öfter den Mut haben, einfach etwas zu machen, anstatt lange darüber zu debattieren. Zweitens, und das halte ich noch für wesentlicher, sollten wir die vorhandenen Reichtümer unserer Gebäude, Straßen und Wälder wie einen Augapfel hüten und sie nicht, wie in den vergangenen Jahren so sträflich geschehen, einfach verkommen lassen.

Kommen wir nun dazu, was Alfred von der Stein

dazu bewogen hat, im Reinhardswald zwischen Abendfrieden und Himmelsleiter einen kleinen Aussichtspunkt zu errichten. Ich zitiere dazu die Gedenktafel, die Sie, falls Sie sie nicht kennen, gleich im Vorbeiwandern betrachten können.«

Er nahm einen weiteren Zettel in die Hand und begann zu lesen:

»Erbaut von Studienrat Alfred von der Stein,
Studienrat am Helmholtz-Gymnasium, Essen.
GEB. 15.8.1892 – GEF. 31.8.1944
Während der Schulferien von 1925-1940
Benannt nach seiner Frau Charlotte«

Er hat es also aus Liebe getan. Vielen Dank für Ihre Aufmerksamkeit!«

»Kommt«, sagte Peter zu Achim und Christian, »die feierliche Eröffnung können wir uns schenken.«

»Stimmt, gehen wir lieber zum ersten Getränkeposten an der ehemaligen Schutzhütte Brandenberg. Da bekomme ich vielleicht auch ein Bier.«

»Christian, wieder einmal denkst du nur an das eine.« Dafür stieß Christian seinen alten Kumpel Achim freundschaftlich in die Seite.

Als sie einige Meter entfernt waren, hörten sie noch den Applaus – mitten im Wald. Vermutlich hatten die beiden Großkopferten gerade das Band durchgeschnitten.

»Apropos, wie viele Stationen haben wir denn noch im *Begehbaren Volkshochschulkurs Karlshäfer Heimatkunde*?

»Mensch Peter, du stellst Fragen. Drei: den Bahnhof in Helmarshausen, den Gedenkstein für die jüdischen Opfer des Nationalsozialismus und den Hugenottenturm.«

»Das hast du dir gemerkt, Christian? Respekt!«

Peter nickte, er war wohl der gleichen Ansicht.

»Jetzt tut mal nicht so, als hättet ihr die Weisheit mit Löffeln gefressen. Ihr könnt hier sicherlich auch noch etwas lernen.«

»Is ja gut.« Doch gleich hellte sich seine Stimmung auf. »Mensch, die haben ja tatsächlich Bier hier.«

»Ja, nobel geht die Welt zugrunde.« Peter musste immer das letzte Wort haben.

*

Sylvia, Carsten, Nina und Bettina Hauptmann waren gerade am Jüdischen Friedhof in der Gottsbürener Straße vorbeigelaufen und standen vor dem sonntags geschlossenen Edeka-Markt.

»Nina und ich gehen zurück, wir haben keine Lust mehr.«

»Pubertierende Mädchen, was habe ich dir gesagt.«

Sylvia schaute auf ihren Mann, leider musste sie ihm recht geben. Immerhin hatten sie nicht schon am ersten Berg schlappgemacht.

»Gut«, sagte sie zu den beiden vierzehn- und fünfzehnjährigen Mädchen, »ihr dürft hier abbrechen. Und das, obwohl ihr unbedingt die lange Tour wandern wolltet. Aber das ist euer gutes

Recht, schließlich soll sich keine von euch überanstrengen.«

Bettina, die jüngere, kannte den sarkastischen Ton ihrer Mutter. Da machte sie einen Fehler, den sie mindestens den Rest des Tages auszubaden hatte: »Ich wäre ja noch ein bisschen weitergelaufen, aber Nina hat keinen Bock mehr.«

»Vermutlich will sie zu ihrem Freund«, mischte sich nun auch der Vater wieder in das Gespräch ein, »dieser picklige Mofa-Fahrer mit seinem Bundeswehr-Tick.«

»Aua!« Nina hatte ihre kleine Schwester so fest in die Seite gezwickt, dass sie aufschrie. »Du alte Petze!«

»Ich habe doch gar nichts verraten. So doof sind Mama und Papa nun auch nicht.«

»Ruhe!« Sylvia übernahm das Kommando: »Gut, ihr dürft gehen. Damit Bettina sich nicht langweilt, macht ihr aber etwas zu dritt.«

»Mist!« Die beiden Schwestern wunderten sich, als dies gleichzeitig aus ihrer beider Münder kam.

Als die beiden Schwestern in die Promenade, die später auf den Sonnenweg führte, einbogen, winkte Sylvia ihnen noch einmal hinterher. Doch es war nutzlos; Nina und Bettina waren im schwesterlichen Gezänk allein mit sich selbst beschäftigt. Wild gestikulierten beide mit ihren Armen. Sylvia war so auf ihre Töchter konzentriert, dass sie nicht merkte, dass Stephan und Sabine von hinten angestürmt kamen, um ebenfalls auf die Promenade abzubiegen. »Hoppla«, sprach sie und sprang den beiden aus dem Weg.

Sie hakte sich bei Carsten ein. »Ich glaube, du musst besser auf mich aufpassen.«

»Gut«, sprach Carsten, nachdem sie den Anstieg hinauf zur Krukenburg erreicht hatten, »dann können wir uns ja mal in Ruhe über Bettinas weitere Musikkarriere unterhalten.«

»Gut, dann unterhalte mich mal.«

Mit dieser schnippischen Antwort hatte der Familienvater natürlich nicht gerechnet. Seiner Ansicht nach bot sich die Gelegenheit geradezu an – die Kinder waren nicht in der Nähe und würden sie sicher auch nicht plötzlich überraschen. Mit ihrem Gezeter und mit dem ihnen eigenen wütenden Stechschritt hatten sie inzwischen bestimmt schon den letzten Rastplatz der Tour 1 erreicht, das Schutzhäuschen nahe der Diemel auf halber Strecke zwischen Helmarshausen und Bad Karlshafen.

Die beiden hatten bezüglich der musikalischen Erziehung ihrer jüngsten Tochter schon immer unterschiedliche Ansichten gehabt. Während Sylvia das Talent ihrer Tochter nicht wirklich ernst nahm, war Carsten stets bestrebt, sie nach Kräften zu fördern. Das fiel ihm aus mehrerlei Gründen wirklich leicht: Erstens war seine Tochter eine für ihr Alter hervorragende Pianistin. Zweitens wusste Bettina um ihr Talent und tat auch viel, um jeden Tag besser zu werden. Dafür hatten sie ihr extra ein Klavier gekauft, was ihnen in ihrer finanziellen Lage nicht leicht gefallen war. Einen Sommer konnten sie deswegen nicht in den Urlaub fahren, zudem wurden ihr in diesem Jahr jegliche Geschenke gestrichen. Nina konnte dadurch ebenfalls nicht in den Urlaub fahren und musste sich in puncto Geschenke ebenfalls bescheiden. All das trug selbstredend nicht gerade zum Familienfrieden bei. Hinzu kam, und über diesen Punkt wollte Carsten jetzt mit Sylvia reden, dass Herr Doktor Kämper von der (jetzt wieder) Städtischen Musikschule ihnen empfohlen hatte, Bettina auf ein Musikinternat zu schicken. Sie war in Bad Karlshafen mit Abstand die beste Schülerin und hatte bei den regelmäßigen Konzerten schon oft die Gelegenheit gehabt, als Solistin aufzutreten. Die Musikschule hatte ihre Sache wirklich gut gemacht, doch für Bettinas weitere Karriere konnten sie dort nicht mehr viel tun.

Erst in der letzten Woche hatten sie ein langes Gespräch mit Doktor Kämper – teilweise im Beisein von Bettina. Er hatte sie vor ihren Eltern ausdrücklich gelobt und ihre Bedeutung für den Ruf der Musikschule betont. Doch ginge es, so Kämper wörtlich, darum, was für das Mädchen das Beste sei: »Wir werden sie schmerzlich vermissen, sie ist mit ihren vierzehn Jahren bereits ein echter Publikumsmagnet, auf den wir natürlich nur ungern verzichten möchten. Doch was wir noch weniger wollen, ist, so einem Ausnahmetalent im Weg zu stehen. Sie wird es uns sicher danken und gerne später das eine oder andere Konzert für uns geben.«

»Klar, mach ich gerne«, hatte Bettina daraufhin zur Antwort gegeben.

Doktor Kämper lächelte. Dieses Lächeln wusste Carsten nicht zu deuten – war es die Angst, eine so gute Schülerin zu verlieren oder war es der Ausdruck ehrlicher Freude für seine Musterschülerin?

Bald darauf wurde Bettina gebeten, sein Büro in der Musikschule zu verlassen – den Rest mussten die Erwachsenen unter sich besprechen. Carsten hatte ihr fünf Euro gegeben, damit konnte sie bei Vico in der Eisdiele einen Milchshake trinken gehen.

Doktor Kämper hatte den Eltern die Max-Rill-Schule in Schloss Reichersbeuern in Bayern empfohlen. Dort konnten die Schülerinnen und Schüler zwischen einem musischen und einem sozialwissenschaftlichen Zweig (Modellgymnasium in Bayern) wählen. Ergänzt wurde der gewählte Zweig durch »ein breites Gildenangebot in Sport und Theater sowie im kreativen und sozialen Bereich«.

Nach Abschluss des Gesprächs vor gut einer Woche hatten sich Sylvia und Carsten keinen Millimeter in Richtung einer Entscheidung bewegen können, obwohl sie weiterhin jede ungestörte Minute darüber diskutiert hatten.

Plötzlich – sie waren bereits am Carlsplatz angelangt – blieb Sylvia mitten auf dem Weg stehen, Carsten sah, wie sie tief Luft holte, er machte sich nun auf das Schlimmste gefasst. Er spürte einen Tropfen über seine Stirn laufen. Schnell wischte er ihn ab, bevor die salzige Flüssigkeit sein rechtes Auge erreichen würde.

»Ich mache mit.«

»Was?«

»Ja, ich gebe mich geschlagen.«

»Wie kommt es zu diesem Sinneswandel?«

»Ich möchte Bettina nicht im Weg stehen. Aber es gibt eine nicht verhandelbare Bedingung.«

»Was willst du?«

»Du musst wieder Vollzeit arbeiten gehen.«

»Aber ...«

»Nichts aber!«

»Und was ist dann mit meinem Roman?«

»Den wirst du dann zurückstellen müssen.«

»Eine harte Bedingung.«

»Was ist dir wichtiger, das Wohl deiner Tochter oder deine Selbstverwirklichung?« Sie hatte das Argument gebraucht, da sie wissen musste, dass er ihr hier nichts entgegenzusetzen hatte. Carsten tat einen tiefen Seufzer.

»Gut, ich gebe mich geschlagen. Und was ist mit Nina?«

»Die eine hat das Klavier, die andere den pickligen Mofa-Fahrer.«

Carsten lachte.

*

Peter hatte seine Exfreundin Sylvia zehn Minuten zuvor noch gegrüßt, als er mit seinen Freunden am Denkmal für die Opfer des Nationalsozialismus an der Krukenburg auf den Vorsitzenden des Heimatvereins wartete. Doch Sylvia hatte ihren Exfreund nicht gesehen, zu sehr schien sie in die Diskussion mit Carsten, diesem schnöseligen IT-Manager, vertieft. Einen ganz kurzen Moment war er froh, dass es mit ihm und der temperamentvollen Sylvia nicht geklappt hatte – sie waren wohl doch zu verschieden.

»Na, dann nicht.«

»Hä?«, fragte Christian, der den Vorbeimarsch von Peters Ex nicht mitbekommen hatte.

»Ach nichts.« Schnell wechselte er das Thema. »Schaut, da kommt der Herr Professor ja endlich.«

»Der Guteste ist ja vollkommen außer Atem. Aber warum hat er vom alten Bahnhof hier rauf so viel länger gebraucht als wir?«

»Der hat bestimmt erst einmal im Deutschen Haus ein Bier getrunken.« Christian grinste.

Das Opfer des Spotts der drei Freunde hatte gerade das Pult erreicht, als es kurz innehielt.

»Mensch, is der alle.«

Der Spruch war mal wieder typisch Peter. Der Einzige, der sich ruhig verhielt, war Achim. Er war neugierig – gerade auf diesen Vortrag. Das hatte er die anderen schon lange vorher wissen lassen.

Nun endlich begann der Vortrag. Der Redner sprach über den Weg der jüdischen Mitbürger, die aus Karlshafen kommend jeden Sabbat hier vorbeigekommen waren, um zur Synagoge nach Helmarshausen zu gelangen. Aus diesem Grund war im Frühjahr 2015 der Gedenkstein für die jüdischen Opfer des Nationalsozialismus genau an dieser Stelle errichtet worden. Er lud seine Zuhörer abschließend ein, ruhig einmal das Gebäude, in dem sich die Helmarshäuser Synagoge damals befunden hatte, zu suchen. Ebenso empfahl er ihnen, auch einmal dem gut erhaltenen jüdischen Friedhof an der Gottsbürener Straße einen Besuch abzustatten.

Mit einem »Shalom« beendete er seine Rede.

Der Tross bewegte sich weiter.

*

»Weißt du schon, worauf ich mich wirklich freue, Gabi?«

»Nee, aber es hat bestimmt etwas mit Essen zu tun.«

»Wie? Ich glaube, du kennst mich einfach schon zu gut.«

Gabi warf ihrem Thomas einen kecken Blick zu, wie so oft, wenn sie über die Unbeholfenheit ihres Mannes lachen musste. Sie liefen gerade am Hugenottenturm vorbei, wo sich schon die ersten Zuhörer für den kommenden Vortrag über *Johann Josef Davin*, den Stifter des Hugenottenturms, versammelt hatten. Sie erkannten den Vorsitzenden des Heimatvereins, der bereits eingetroffen war und nun noch einmal, für alle sichtbar, auf dem Balkon seine letzte Rede durchging.

Thomas blieb einen Moment stehen. »Ob das Rocky-Bild immer noch da ist?«

»Bestimmt«, antwortete ihm seine Frau. »Aber heute werden wir das wohl nicht in Erfahrung bringen können. Da ist kein Durchkommen.«

»Du glaubst doch wohl nicht, dass du mich in absehbarer Zeit nochmal hier hochkriegst?«

»Schaun wir mal.«

Hier setzte Gabi ihr verführerisches Lächeln auf, das ihm bewusst machte, dass Widerstand vermutlich zwecklos war. Wollte seine Frau wirklich Rocky besuchen, so würde er ihr wohl folgen müssen. Sie hatte da so ihre Mittel und Wege.

»Weiß man eigentlich, wer diesen Rocky mit

Kohle und einem Durchmesser von zwei Metern in den Hugenottenturm gezaubert hat?«

Eigentlich hatte Gabi jetzt keine Lust, mit Thomas weiter über Rocky zu sprechen. Daher versuchte sie, das Gespräch abzukürzen: »Wer sagt dir denn, dass das Rocky ist, vielleicht ist es ja auch Rambo?«

»Auf jeden Fall ist es das Abbild von Sylvester Stallone.«

»Das bestreitet ja auch keiner.« Plötzlich spürte Gabi ein überaus angenehmes Kribbeln im Bauch – ob das Kribbeln wohl irgendetwas mit der Vorstellung des jungen und knackigen Rocky Balboa in seinen kurzen Boxershorts zu tun hatte?

»Tommilein, was meinst du, wollen wir nicht abbrechen und gleich rechts zum Sängertempel abbiegen?«

»Warum sollten wir das tun? Oben am Dreiländereck wartet schließlich eine Bratwurst mit meinem Namen drauf!«

»Ich hab da so eine Idee.« Sie machte eine dramaturgische Pause, sie wollte ihn zappeln lassen. »Vorschlag: Wir gehen jetzt direkt über Sängertempel und Deichmanns Grotte hinunter zum Auto und sind in spätestens einer halben Stunde zu Hause. Was meinst du, Schatz?«

»Jetzt habe ich also die Wahl zwischen Bratwurst und einem Schäferstündchen – das ist gemein!«

»Also, Tiger, was ist?« Sie bemühte sich derart, ihre weiblichen Reize in Position zu bringen, dass ein Mann, der sie mit den Fingern an der Unterkante ihres kurzen Tops auf der nackten Haut herumnesteln sah, ins Stolpern kam. Noch drei Kurven später, vierzig Meter entfernt, machte die neben ihm laufende Frau ihm deswegen lautstark Vorhaltungen.

Thomas musste Zeit gewinnen. »Lass uns erst einmal zum Sängertempel gehen, da stehen wir den anderen wenigstens nicht so im Weg.«

»Gut, aber beeil dich mit deiner Entscheidung, du weißt ja, wie sprunghaft ich in solchen Dingen bin.«

Sie setzten sich auf die Sandsteinmauer des Sängertempels. Sie wusste genau, dass ihr Thomas eigentlich keine Wahl hatte. Würde er weiterwandern wollen, hätte er die kommenden Tage eine ziemlich zickige Gabi zu ertragen. Würde er abbrechen, hätte er großen Hunger, dafür aber wahrscheinlich richtig guten Sex. Plötzlich kam ihr eine Idee, die sie aber ebenso schnell wieder verwarf: ein kleines sexuelles Abenteuer in der freien Natur und danach zur Belohnung eine Bratwurst. Früher hätte sich Gabi vielleicht darauf eingelassen, doch heute waren dazu einfach zu viele Menschen im Wald unterwegs. Jedoch: *Liebe am Sängertempel* – das hatte schon was –, sowohl in Gabis Vorstellung als auch als Titel für einen billigen Schundroman.

*

»Ihr gehört wohl zu den ganz Harten?«

Jens, ein alter Kumpel von Christian, Achim und Peter, hatte sich von hinten an das Grüppchen herangepirscht, das gerade im Begriff stand, sich einen Platz mit guter Sicht am Hugenottenturm zu suchen.

»Jens Wasser, alter Schwede! Was treibt dich denn hierher?«

»Hab mir gedacht, wenn es hier schon mal so eine große Gaudi gibt, dann sollte ich mir das nicht entgehen lassen.«

»Wo hast du Susanne gelassen?«

»Die wollte nicht mit. Ich konnte sie nicht überreden, dafür ist sie nachher sicher sehr entspannt, wenn sie aus der Therme kommt.« Er zwinkerte mit den Augen.

Peter fiel auf, dass sich Jens in all den Jahren kein bisschen verändert hatte. Schon früher hat er in Sachen Frauen nichts anbrennen lassen. Dass er nun bereits seit drei Jahren mit *Susel* zusammen war, hatte seine Freunde wirklich überrascht.

In diesem Moment wurden sie unterbrochen – der Heimatvereinsvorsitzende begann seine Rede. »Liebe Freundinnen und Freunde ...«

»Wir reden später weiter, wir haben ja noch mehr als fünf Kilometer vor uns.«

Von da an lauschten sie aufmerksam dem Redner auf dem Balkon vor ihnen.

*

Torsten meckerte schon die ganze Zeit vor sich hin, etwas, das Sebastian überhaupt nicht leiden konnte. Es hatte schon beim Frühstück angefangen: Das Ei war zu hart, die Butter auch und außerdem war der Orangensaft viel zu kalt. Aber ihm blieb nicht anderes übrig, er musste heute mit auf die lange Wanderung gehen. Das hatte er Sebastian versprechen müssen, nachdem sie im letzten Jahr als vermutlich erstes schwules Paar ein gemeinsames Schloss auf dem Weser-Skywalk angebracht hatten und heute ihr Jahrestag war. Unter den mittlerweile rund achtzig Schlössern, da waren sie sich sicher, würde das ihre schon nicht auffallen. Da dieser Jahrestag genau auf den Tag des Volkswandertages fiel, war die Sache klar: Sie wanderten mit.

Den größten Teil der Wanderung verbrachte Torsten zu Sebastians Ärger damit, sich über die von ihm gesichteten Mitwanderer aufzuregen. Der Schmidt zum Beispiel, so zeterte er, der hatte damals in der Diskussion um die Hafenöffnung eine komplett andere Meinung vertreten und ihn mit einigen Kommentaren auf Facebook ziemlich hart angegriffen. Zwar wurden diese bereits kurze Zeit später immer wieder gleich gelöscht, doch wusste Sebastian, dass es immer einige gab, die sie trotzdem gesehen hatten. Der Gedanke an diese schlimme Zeit machte Torstens bereits miese Laune noch schlechter, das wusste Sebastian. Er dachte zurück an die Beschimpfungen auf offener Straße oder in irgendwelchen Kneipen. Am Schlimmsten war es auf den beiden Bürgerversammlungen und im Netz gewesen.

Nun spürte auch Sebastian die Wut wieder in sich aufsteigen: Dieser Streit und das kompromisslose Auftreten beider Seiten hatten viel Porzellan zerschlagen und einen tiefen Graben durch die

Stadt gezogen. Jung und Alt, Mann und Frau, Karlshäfer und Helmarshäuser – sie alle waren aufeinander losgegangen und taten es zum Teil noch heute – mehr als zwei Jahre später. Sie mieden die Treffpunkte der jeweils anderen. Erst ganz, ganz langsam hatten die Menschen begriffen, dass es keinen Sinn hat, nur gegeneinander zu arbeiten. Wollte man die Probleme der Stadt lösen, so musste man gemeinsam an einem Strang ziehen. Viele, vor allem aus der Verwaltungsspitze und der Ortspolitik, hatten das lange nicht erkannt.

Torsten und er standen damals übrigens auch in unterschiedlichen Lagern und es hatte auch den einen oder anderen Streit gegeben. Einmal war Sebastian so wütend gewesen, dass er sich in sein Auto gesetzt hatte und für eine Woche zu seiner Mutter nach Hannover gefahren war. Aber sie hatten sich wieder berappelt und nach Bekanntgabe des Ergebnisses gemeinsam eine Flasche Champagner am Hafenplatz geleert. In diesem Moment hatten sie bereits schon wieder gemeinsam darüber lachen können, wie die Befürworter der Hafenöffnung ihren 40-Stimmen-Sieg mit einem kleinen Feuerwerk gefeiert hatten.

Nun war die Stimmung in den beiden Ortsteilen merklich besser, auch zwischen Karlshäfern und Helmarshäusern wuchs langsam ein Pflänzchen des Vertrauens heran. Die Extremisten beider Seiten waren im Wesentlichen isoliert und standen durch ihr unsoziales Verhalten außerhalb der Gemeinschaft.

»Da, Herbert Westerbach!«

Sebastian wusste, warum Torsten mit dem Finger auf den ungefähr vierzig Meter vor ihnen laufenden Mann zeigte. Er wusste auch, dass Torsten nach Westerbachs Beleidigungen in der Weserberglandtherme immer noch sehr wütend auf diesen war. Sebastian schätzte die Gefahr als nicht gering ein, dass Torsten Westerbach nachher auf der Fähre von Bord zu stoßen versuchte. Er liebte Torsten, doch wünschte er sich manchmal etwas mehr Gelassenheit von ihm und dass er weniger nachtragend wäre.

Sebastian rechnete kurz im Kopf zusammen: Über acht Leute hatte er sich bereits aufgeregt, weitere fünf würden sicher noch folgen – also schätzungsweise einer pro Kilometer Wegstrecke –, mal eine andere Art von Wegeinteilung, dachte er bei sich. Dennoch warf er einen verliebten Blick auf den weiter vor sich hinzeternden Torsten.

*

»Ich will nicht auf die Fähre!« Schon bevor die Wanderung losging, hatte Christian gegen die unvermeidliche Weserüberquerung in Herstelle gewettert. Seine Freunde Peter und Achim wussten, dass sie ihn links und rechts würden fassen müssen, um ihn dann mit mittelschwerer Gewalt auf die Fähre zu bringen. Nun war es fast so weit, sie standen am Weserufer. Das Kleeblatt hatte aufgrund des großen Andrangs an Fahrgästen bei einem gleichzeitig geringen Fassungsvermögen der Fähre bestimmt noch zwanzig Minuten am Anleger der Fähre zu warten, bevor sie an der Reihe waren.

Wieder steckten sie in der gleichen Diskussion.

»Du bist wie der Typ vom A-Team, der immer nicht fliegen wollte. Hätten wir das gewusst, hätten wir uns Chloroform besorgt und dich einfach betäubt.« Achim war es, der diesen seiner Ansicht nach passenden Vergleich zog.

»*B. A. Schreiber*, das hört sich gar nicht so schlecht an, finde ich.«

»Peter, sei ruhig.«

Es war Achim, der seine Freunde durch ein sachliches Gesprächsthema abzulenken versuchte: »Habt ihr eigentlich schon gehört, dass so ein reicher Schnösel aus Hameln das alte Stadtcafé gekauft hat?«

»Tatsächlich, woher weißt du das?«

Achim richtete sich auf, sichtbar wollte er seine Größe betonen. »Ach, Peter – der neue Bürgermeister ist doch mein Schwager, der hat mir das erzählt.«

»Dann ist ja die Stadt bald komplett in fremden Händen – in Anbetracht dessen, was heute schon alles den Holländern gehört.«

»Wir sollten froh sein«, mischte sich der durch das Gespräch abgelenkt scheinende Christian ein, »sie bringen wieder etwas Geld in die Stadt.«

»Und bald kriegen wir hier unseren ersten *Albert Heijn*; die gibt es in Holland an jeder Ecke. Aber so würde wenigstens das Supermarktproblem der Kernstadt gelöst.«

Sie kamen dem Weserufer näher und näher, bei der nächsten Fahrt würden sie mit dabei sein.

Schnell versuchte nun Peter wieder, Christian in ein Gespräch zu verwickeln.

»Warst du schon einmal in einem *Albert Heijn*?«

Christian stockte, er wusste nicht, was er darauf antworten sollte. »Warum fragst du mich das?«

»Ich war neulich im Ruhrgebiet, dort beginnen sie gerade erfolgreich ihren Ostfeldzug.«

Achim mengte sich ein. »Ich will euch ja nicht unterbrechen, aber wir sind dran. Oder wollt ihr den nächsten Kutter nehmen?«

»Nein, läuft!« Christian tat, als hätte er sich mit seinem Schicksal abgefunden.

Achim und Peter ahnten nichts Gutes.

*

»Komm, wir müssen endlich weiter.«

Holger und seine Tochter Angelika hatten eine lange Pause gemacht im Hotel Restaurant Forsthof in Würgassen, kurz vor dem letzten Aufstieg zum Weser-Skywalk.

»Nein, ich möchte noch eine Kugel Schokoeis.« Die Zwölfjährige stützte die Hände in die Seite – ein Zeichen, dass sie es wirklich ernst meinte.

Holger hoffte, dass Christina gleich zurückkommen würde und das Mädchen zur Vernunft bringen könnte. Aber er war auch stolz auf seine Tochter, die bis hierher so gut durchgehalten hatte. Die ganze Strecke war sie neben Holger und Christina gelaufen, ohne die geringsten Ermüdungserscheinungen zu zeigen. Dafür würde sie heute Abend sicher wie tot ins Bett fallen und morgen kaum aus dem

Bett zu bekommen sein. Gut, das war dann nicht mehr sein Problem: Während er bei Ernst in Karlshafen blieb, würde Christina die Kleine zurück nach Calden zu ihrer leiblichen Mutter bringen.

»Auf geht's!« Dieser Aufruf Christinas riss ihn aus seinen Gedanken.

Holger konnte es nicht fassen: Sofort stand Angelika auf, nahm ihren kleinen Rucksack und stellte sich neben ihren Vater. »Kommst du?«, fragte sie. Nun würde er sich den ganzen restlichen Weg fragen, was er eigentlich falsch machte.

»Christina, du kannst zaubern, vor zwei Minuten wollte sie noch eine weitere Kugel Eis.«

»Tja, weibliche Raffinesse wirst du wohl nie begreifen.«

»Das stimmt.«

Sie hatten gerade den halben Weg hinauf zum Weser-Skywalk, der letzten Station vor dem Ziel der Wanderung am Hafenplatz in Bad Karlshafen, geschafft, als Angelika plötzlich zu maulen anfing. »Ich will nicht mehr weiter, jemand muss mich tragen.«

Holger und Christina schauten sich an, beide wussten, dass die kommenden Minuten nun sehr schwierig werden würden – weibliche Raffinesse hin oder her.

Sie versuchten es mit dem Versprechen, bei Vico in der Eisdiele in Karlshafen noch ein Eis zu essen – es half nichts. Vielleicht ein Filmabend am nächsten Wochenende? Keine Chance. Und das Versprechen, am nächsten Wochenende eine große Höhle für die Kleine zu bauen, in der sie dann auch übernachten dürfte – alles vergebens. Dutzende Wanderer zogen im Laufe der Zeit ihres Zwangsaufenthalts an ihnen vorbei – einige grinsten und Holger meinte das »Weißt du noch, damals?« aus ihren Gesichtern ablesen zu können.

Nach einer guten halben Stunde Geheul, Geschrei, Gezeter und sogar Gebeten kam Holger eine Idee: »Ich mache dir den Vorschlag, dass du einen Stein vom Skywalk auf den Zug werfen darfst.« Der verzweifelte Vater war schon so weit, dass er auch vor einer geduldeten Sachbeschädigung nicht mehr zurückschreckte.

»Wirklich, Papa?«

Doch bevor ihr Papa antworten konnte, machte Christina ihrer Entrüstung Luft. »Holger, das kannst du doch nicht machen!«

»Gut, du kannst Brigitte nachher gerne erklären, dass ihre Tochter es vorgezogen hat, an den Hannoverischen Klippen in der Nähe des Weser-Skywalks zu übernachten.«

Christina musste gegen ihre Überzeugung einsehen, dass es wohl keine andere Möglichkeit gab.

»Also gut, *einen* Stein.«

»Kommt ihr endlich?« Die kleine Angelika war aufgestanden und hatte wieder die Führung übernommen.

Holger und Christina schauten sich erneut überrascht an, woher nahm das Mädchen nur diese Energie? Sie wussten, dass es nach dem Weser-Skywalk in der Hauptsache nur noch bergab ging. Dann würden sie auch keine Probleme mehr haben. Waren sie wieder in der Ebene, würde die

Aussicht auf ein zweites Eis als Motivation ausreichen – zumindest hofften sie das. Plötzlich waren sie wieder zuversichtlich.

Christina war neugierig. So versuchte sie auf der verbleibenden Strecke zum Aussichtspunkt in Erfahrung zu bringen, was es mit diesem eigentlich auf sich hatte. »Sag mal, ich dachte, die Stadt hat kein Geld und dann bauen sie so einen bestimmt nicht billigen Aussichtspunkt?«

»Ja, da gab es damals heftige Diskussionen. Dabei waren die Karlshäfer jedoch die lachenden Dritten. Die Menschen in Würgassen und Herstelle waren mehrheitlich gegen die Errichtung, aber aufgrund der EU-Finanzmittel hatten sie neben dem Naturschutz kaum mehr gute Argumente.«

»Woher weißt du das alles?«

»Ingo, einer der Wortführer, hat es mir damals erzählt. Vor allem hat es die Bürger geärgert, dass der Skywalk in Nordrhein-Westfalen liegt und nicht in Hessen.«

»Oh.« Das war eine Mischung zwischen Erstaunen und Anstrengung. Und tatsächlich blieb sie stehen, um sich für einen Moment an einer dünnen Buche festzuhalten. Nach vier, fünf tiefen Atemzügen sprach sie weiter: »Und die Karlshäfer?«

»Sie sind die eigentlichen Nutznießer des Skywalks. Es ist schließlich der zweitschönste Blick auf die Stadt.«

Christina kratzte sich am Kopf und wischte auch gleich noch eine kitzelnde Schweißperle von der Stirn. »Der Zweitschönste?«

»Ja, für mich ist die Aussicht vom Hugenottenturm immer noch der schönste Blick auf die Stadt.«

»Gut, dann freue ich mich schon auf den zweitschönsten Blick auf die Stadt.«

Sie waren angekommen und gingen die letzten Meter zur Plattform hinunter.

*

»Ich habe noch eine Überraschung für euch!«

Christian und Achim schauten zuerst sich und anschließend Peter an.

Christian fragte nach: »Was hast du denn?«

»Überraschung!« Gerne imitierte er bei solchen Gelegenheiten *Fränzchen* aus dem *Bewegten Mann*, dazu nutzte er einen deutlich holländischen Akzent.

»Dein Flachmann!« Bei Achim kamen sofort Erinnerungen an ihre gemeinsame Wanderung durch das Karwendelgebirge auf. Nach den vielen steilen Anstiegen war Peters Flachmann stets ihr Lebensretter gewesen, spaßhaft nannten sie den Inhalt gerne ihren »Zaubertrank«.

Christian zögerte jedoch keinen Moment, seine Witze über die Situation zu machen: »Vanillemilch, ich hab´s gewusst. Hast du denn deine Abhängigkeit immer noch nicht überwunden?«

Jetzt wurde es Achim zu bunt: »Warst du es nicht, der vorhin auf der Weser fast die Fische gefüttert hätte? Jetzt halt mal die Füße still.«

Als Peter dem so Gescholtenen den Flachmann reichte, streckte der aber doch seinen Arm danach aus. Zu seiner Überraschung griff er jedoch zunächst ins Leere; Peter hatte die Flasche mit einem breiten Grinsen wieder zurückgezogen. Schließlich gab er sie ihm doch.

Das »Ahhh!« aus Christians Mund kam aus tiefstem Herzen.

Achim hatte sich, nachdem er getrunken hatte, bequem an einen der Felsen gelehnt. Genüsslich betrachtete er das bunte Treiben auf der Plattform und um sie herum: Er beobachtete zwei Männer, die Händchen haltend ein kleines, weinrotes Vorhängeschloss am Geländer der Plattform betrachteten. Eine Frau, die in männlicher Begleitung auf dem Skywalk angekommen war, flirtete sichtbar mit jedem männlichen Wesen, das ihr in den Weg kam. Ihr Begleiter hingegen, in seiner hellgrauen Jeans, seinem hellblauen Poloshirt und einer weißen Schirmmütze, zog nur ein langes Gesicht.

»Du hattest deine Chance, aber du wolltest ja unbedingt weiterwandern«, hörte er sie sagen.

Er wartete gespannt auf den Moment, in dem die Frau – übrigens in ihrem roten Top und den kurzen Hosen sehr nett anzuschauen – ihn und seine Freunde erreichte. Sicher würde Peter sich die Gelegenheit zu einem Flirt nicht entgehen lassen. Er wurde von den langen Beinen der Frau abgelenkt, als ein Mann rechts von ihm zu schimpfen begann.

»Nur diesen einen Stein! Wir hatten abgemacht, dass du nur einen Stein herunterwerfen darfst.«

Das kleine Mädchen antwortete beleidigt: »Ich muss doch üben, damit ich nachher den Zug treffe.«

Weinend zog die Kleine ab – eine Frau, vermutlich die Mutter, lief ihr hinterher. »Angelika!«

Achim war überrascht von so viel liberaler Erziehung. Das hätte er sich früher mal erlauben sollen.

»Los, du Träumer, lass uns weiterziehen.«

»Gleich«, antwortete Achim automatisch, »ich komme gleich.«

Er wollte nur noch wissen, was aus der hitzigen Amazone und ihrem Schlumpf geworden war und schaute sich um. Da sah er sie hinter einem Baum stehen, wild mit ihrem Begleiter knutschend. Siehste, geht doch, dachte Achim und stand auf, um seinen Freunden zu folgen.

*

Sylvia und Carsten sahen, auf einem Felsen sitzend, auf den Ort hinab. Carsten saß hinter seiner Frau und hielt sie fest im Arm. Während sie sich zärtlich zurücklegte, blickte er über die weißen Barockbauten und war einmal mehr von der fernen Schönheit der Stadt begeistert. »Ich werde über diese Stadt schreiben – und wenn es bis zu meiner Rente dauert«, dachte er.

In diesem Augenblick drückte Sylvia seine Hand. »Ich möchte dein Buch aber als Erste lesen dürfen.«

Sie schien seine Gedanken erraten zu können ...

– ENDE –

Bad Karlshafen und Helmarshausen im Jahr 2019

Einführung 2019

2019 – drei Jahre sind seit dem Entscheid zur Hafenöffnung vergangen.

Im Sommer 2018 wurde das ehemalige Stadtcafé an den Gastronomen Dieter Kern aus Hameln verpachtet. Kern verwendete viel Zeit und Mühe damit, aus dem lange leerstehenden Café einen Treffpunkt für jung und alt zu machen. Neben der legendären Gulaschsuppe gibt es dort nun zwei Lese-Cafés, einen Billardraum und das sogenannte *Schwimmerbecken*. Die Cocktails und Longdrinks haben Namen wie *Sex an Deichmanns Grotte*, *Sabatje* und *Rattenfänger* – letzterer ein Mitbringsel aus Hameln. Kommen Sie mit, *Ein Besuch im Café Größenwahn* wird auch Sie faszinieren.

Während man sich darüber Gedanken machte, wie man die Stadt für Besucher attraktiver gestalten könne, entwickelte sich die Idee, die alte Eisenbahngeschichte der Stadt weiter in den Fokus zu rücken. Aus einer alten Reinigung wurde eine kleine Fotoausstellung und die verschwundenen sowie die noch existierenden Zeugnisse der Carlsbahn wurden zu einer fünfundsiebzigminütigen Tour mit fünf Stationen zusammengefügt. Begleiten Sie den Eisenbahnexperten Christian Bachmann auf der *Themenführung ›Die Carlsbahn in Bad Karlshafen‹*.

Ein Besuch im *Café Größenwahn*

1 Von Schwimmern und Nichtschwimmern

»Wann kommt er denn endlich?« Ungeduldig zog Achim die neue Outdoorjacke zurecht.

Er sah seinen Kumpel Peter an, der nur mit seinen Schultern zuckte und keine Antwort gab. Den Capri-Sonne-Retro-Regenschirm hatte er bereits vor fünf Minuten aufgespannt.

»Vermutlich denkt der gnädige Herr, dass es um 17.00 Uhr noch zu früh ist, um ins *Café Größenwahn* zu gehen«, Achim war wieder einmal etwas sauer auf ihren unzuverlässigen Kumpel. Er gab Peter ein Handzeichen. »Lass uns reingehen, vielleicht sitzt er ja schon drinnen.«

»Das würde allerdings zu ihm passen. Also, rein in die Lasterhöhle mit Weserblick, es fängt ja auch gerade an, stärker zu nieseln.«

Peter hielt die Tür auf und sie gingen in den Verkaufsraum. »Ich war ganz schön lange nicht mehr hier!«

Achim hörte ihm schon längst nicht mehr zu, er war abgelenkt. Gabi saß hinter dem Tresen, ein kleines Schild neben der Kasse verriet es ihm. Gabi hatte blonde, lange Haare, war dezent geschminkt und mit einem kecken Augenpaar ausgerüstet, das wohl schon so manches Männerherz zum Schmelzen gebracht hatte. Achim merkte gar nicht, dass er die junge Frau anstarrte. Erst als sie dem Blick standhielt und ihn sogar noch ansprach, erwachte er aus seinem Tagtraum: »Ein leckeres Stück Pflaumenkuchen gefällig – oder was anderes aus der Auslage, möglicherweise eine Dose Eistee?« Er schaute sie mit großen Augen an und war etwas verdattert, auf diese Weise angesprochen zu werden. »Nein danke, das nächste Mal vielleicht.« Er konnte sich einfach nicht daran erinnern, woher er die Frau kannte.

»Freu mich drauf.«

Warum nur grinste Peter so unverschämt? Vermutlich lachte er innerlich über seinen Kumpel. Achim wusste selbst, dass er es immer wieder schaffte, sich so herrlich in Verlegenheit zu bringen. »Zum Glück war Christian nicht dabei, der hätte fraglos unter keinen Umständen sein Lästermaul halten können«, ging es ihm durch den Kopf.

»Da isser ja!« Dieser Satz Peters riss ihn nochmals aus seinen Gedanken.

»Und wir stehen uns draußen die Beine in den Bauch und warten im strömenden Regen, während der Herr hier schön die *Süddeutsche Zeitung* liest.«

Achim sah, dass der Angesprochene ganz lässig über den Rand sowohl der Zeitung als auch seiner Brille blickte, offensichtlich hatte er die beiden bisher noch gar nicht bemerkt.

»Da seid ihr ja endlich! Dann passt mal gut auf, dass ihr keine fiesen Flecken auf den schönen Teppich tropft!«

Achim schwieg, dachte aber bei sich, dass das ein weiteres Mal mal wieder typisch Christian war: Vermutlich hatte er wieder einmal die genaue Verabredung vergessen und war einfach auf Verdacht bereits früher hergekommen. Nun saß er bei einem Kännchen Tee und las so konzentriert in der Süddeutschen, dass er die Freunde noch nicht einmal kommen sah

Während Achim sich zu seinem treulosen Kumpel in einen der fünf bequemen Lesesessel setzte, ging Peter gleich zum Bücherregal an der Wand, fraglos um neue Lektüre für das kommende Wochenende auszusuchen. Achim hätte gerne gewusst, wo der Besitzer des *Größenwahns* diese sechs riesigen Regale aufgetan hatte – und vor allem, wie er es innerhalb von zwei Monaten geschafft hatte, sie komplett mit Büchern zu füllen. Zumal Bad Karlshafen nicht für seine literarische Leidenschaft bekannt war; seit Jahren gab es keine ordentliche Stadtbibliothek mehr.

»Willst du nicht irgendwann auch mal etwas zurückstellen? Ich sehe dich immer nur Bücher herausnehmen.«

Peter sah Achim an. »Keine Sorge, Kleiner. Ich habe bestimmt schon mehr Bücher hierhergebracht, als ich jemals mitnehmen kann.«

Achim war noch stets begeistert über das Prinzip, wie diese *ehrenamtliche Leihbibliothek* funktionierte. Dieter, der Besitzer des Cafés, hatte kurz nach der Eröffnung dazu aufgerufen, dass jeder seiner Gäste ein Buch mitbringen sollte. So ging das die ersten zwei, drei Monate. Zusammen mit drei, vier Wohnungsauflösungen sowie großzügigen Spenden des Antiquariats und einiger Bürger der Stadt kamen auf diese Weise schnell rund tausend Bücher in die Bibliothek. Die Bände waren auch kein festes Eigentum des *Größenwahns*, sondern jeder, der ein Buch mitnahm, musste es entweder zurückbringen oder ein neues einstellen. Wider Erwarten schien das System zu funktionieren. Es geschah sogar etwas vollkommen Unerwartetes: Die Zahl der Bücher nahm so rasend schnell zu, dass Dieter bald nicht mehr wusste, wo er sie lagern sollte. Auf dem großen Perserteppich, der den Lesebereich vom Rest des Cafés abtrennte, standen daher noch weitere Bücherständer, in die die Bücher einfach reingelegt waren. Wie bei derartigen Bücherspenden üblich, sammelten sich vor allem die Autoren an, die nun keiner mehr haben mochte, ganz vorne stand beispielsweise oft das literarische Lebenswerk von Johannes Mario Simmel.

Ein Mann in Anzug und Krawatte erschien: Klaus, die Tagesbedienung des Cafés. »Was darf ich den Herren bringen?«

Christian faltete die Zeitung zusammen und legte sie auf den kleinen Beistelltisch. »Dafür, dass ich euch wortwörtlich im Regen habe stehen lasse, geht die erste Runde auf mich.«

»Gepriesen seist du, du edler Spender.« Peter konnte es nicht lassen, dieses Angebot zu kommentieren. »Ich nehme einen Kaffee.«

»Heute bestelle ich mal etwas Ausgefalleneres – einen Cappuccino bitte!«

»Kommt sofort. Christian, du hast noch?«

»Danke, bin bedient.« Achim sah sein Grinsen. Das war seine Art, auf die Witze anderer zu reagieren.

Er sah dann, wie Peter *Moby Dick* von Herman Melville aus dem Regal nahm und sich neben ihn in einen der freien Sessel fläzte.

Achim konnte es kaum fassen: »Ihr wollt doch jetzt nicht allen Ernstes anfangen, zu schmökern?«

»Lass mir zehn Minuten Zeit, ich will hier gerne mal reinlesen. Ich wollte *Moby Dick* schon immer einmal lesen, ich habe mich bisher aber noch nie getraut.« Er legte das Buch für einen Moment auf den kleinen Beistelltisch, den er sich mit Christian teilte. »Frag doch mal Chris, der müsste doch bereits mit der Zeitung durch sein?«

Achim schaute zu Christian, der sich wieder die Zeitung genommen hatte und weiter konzentriert in ihr las. Er schüttelte ebenfalls den Kopf: »Aber in zehn Minuten bin ich auch so weit.«

Achim überlegte einen Moment, ob er sich ebenfalls etwas zu lesen nehmen sollte, um so die Zeit zu überbrücken. Es gab ja schon eine tolle Auswahl an nationaler Presse: *HNA, Süddeutsche Zeitung, FAZ, taz* und *Tagesspiegel* sowie *DIE ZEIT*. Darüber hinaus einige Illustrierte und Zeitschriften: *Lettre International, National Geographic, Spiegel* und die neueste Ausgabe des *Bücherjournals* – alles Spenden der wohlbetuchten Stammgäste. Er hatte jedoch gerade keine Lust auf Lesen. Er wollte lieber quatschen oder höchstens eine Runde Billard im Keller spielen. Leider kannte er seine beiden Kumpels inzwischen gut genug, um zu wissen, dass es nicht bei den zehn Minuten bleiben würde.

»Gut, dann gehe ich zu Dieter.«

»Grüße.« Peter schaute nicht einmal von seinem Wal auf, als er Achim auf diese Weise verabschiedete. Christian schwieg sogar gänzlich. Achim blieb in seinem Sessel sitzen und schaute zu Dieter hinüber. Der Chef und Besitzer des Größenwahns saß an seinem Stammplatz direkt am Fenster und tippte auf einem Tablet herum. Er trug ebenfalls einen Anzug, jedoch wie üblich um diese Tageszeit noch keine Krawatte. Dieter mochte circa fünfundfünfzig Jahre alt sein; dass das schulterlange Haar bereits grau war, machte ihm anscheinend wenig aus. Er verband Äußerlichkeiten gerne mit einer eigenen Note, wie die bequemen Turnschuhe zeigten, die er trug. Die italienischen Designerschuhe, die er zu offiziellen Anlässen zu tragen pflegte, schenkte er sich im *Nichtschwimmerbecken*. Später, am Abend und im *Schwimmerbecken*, würde er die eleganten, schwarzen Schuhe anziehen, ebenso wie er seine typischerweise weinrote Krawatte umbinden würde.

Achim fasste sich in den Nacken; er dachte nach: Warum gab es noch mal ein Schwimmerbecken und ein Nichtschwimmerbecken? Genau, beantwortete er sich die Frage im Geiste gleich selbst, das eine waren die ordinären Tagesgäste, das andere die besonderen Abendgäste. Dieter hatte ihnen das damals erklärt, am Eröffnungsabend im Dezember 2018. Diese Aufteilung der Gäste bestand demnach bereits im originalen *Café Größenwahn* im Berlin des beginnenden zwanzigsten Jahrhunderts. Der Unterschied war jedoch, dass diese Unterteilung dort zeitlich unabhängig grundsätzlich zwischen der Prominenz und dem Fußvolk unter den Gästen erfolgte.

»Facebook?« Achim setzte sich ungefragt zu Dieter, dem das jedoch nicht im Entferntesten etwas auszumachen schien.

»Achim, altes Haus! Auch mal wieder hier?«

Achim war überrascht und entgegnete ihm mit gespielter Empörung: »Ich bin doch quasi Stammgast in deiner Pinte.«

»Entschuldige, das war nicht so gemeint. Ich ärgere mich gerade wieder einmal über einen der sogenannten treuen Bürger dieser Stadt. Der tut nur rummotzen und gönnt Ortsfremden wie mir nicht einmal die Butter auf dem Brot.«

»Mensch, Dieter – jetzt lebst du schon ein Jahr in Karlshafen und hast immer noch nicht akzeptiert, dass die Leute so sind, wie sie sind.«

»Das werde ich auch sicher nie verstehen.«

Achim hatte plötzlich eine Idee; bestimmt konnte sein Gegenüber ihm weiterhelfen. »Sag mal, Dieter, wenn du mit dem Stinkstiefel klar bist, kannst du mir vielleicht einmal eine Frage beantworten?«

»Fertig. Habe ihn gemeldet. Was willst du wissen? Den Namen meiner neuen Thekenfee?«

Prompt merkte Achim, dass er begann, rot zu werden – jeden Moment würde er wie ein Dampfkochtopf zu pfeifen anfangen. Er schluckte und holte tief Luft, bevor er antwortete. Dennoch brachte er nur ein Stammeln hervor. »Woher weißt du ...?«

Weiter kam er nicht, da hatte Dieter schon mit einem breiten Grinsen das Gespräch übernommen.

Er war ein Dampfplauderer und Achim wusste, dass er in den nächsten fünf bis zehn Minuten vermutlich die komplette Lebens- und Liebesgeschichte der Frau einschließlich ihrer Schuhgröße und Lieblingsfernsehserie erfahren würde.

Dieter begann: »Also, die Gabi ... das ist eine ganz Liebe ...«

*

Peter hatte sein Buch zugeschlagen, es jedoch noch nicht aus der Hand gelegt. Er schaute zuerst zu Christian, anschließend hinüber zu Achim, der immer noch mit Dieter ins Gespräch vertieft war.

»Chris, was meinst du, wollen wir uns an die Bar setzen? Du könntest mir bei einem Bier gemütlich von deinem Paris-Trip erzählen.«

Peter hatte eine andere Reaktion erwartet, aber Christian wollte wohl nicht reden: »Keine Lust, vielleicht später.«

»Dann halt nicht.« Er knallte das Buch auf den gemeinschaftlichen Tisch und ging an die Bar. Jetzt hatte er schlechte Laune, denn er hatte sich doch auf einen gemeinsamen Nachmittag mit seinen Freunden gefreut. »Dann geh ich eben allein an die Bar.«

Von Christian kam als Antwort nur ein »Hmmh, mach mal.« Vermutlich hätte er ihm auch sagen können, er wolle sogleich mit dem Föhn in die Badewanne steigen, Christian hätte es nicht mitbekommen. Peter schaute auf die Uhr, schon halb sechs. Gut, dann kann ich mir ja den ersten Drink bestellen, schließlich muss ich heute nicht fahren. Mit diesen Gedanken lief er hinüber zur Bar.

Er ging über den weinroten Teppich, farblich und in seiner Ausführung so ausgewählt, dass er einiges Leid zu ertragen bereit war. Quasi jedes Mal, wenn Peter hier war, sah er irgendeine Flüssigkeit auf ihn tropfen und in ihm versickern. Sein Blick fiel auf die Bar, hinter der jetzt die Frau aus dem Verkaufsraum stand – Gabi, oder? Der Verkaufsschalter für Pflaumenkuchen und Krapfen wurde in der Woche bereits um 17.15 Uhr geschlossen. Danach gab es nur noch die legendäre Gulaschsuppe, eine Idee, die Dieter aus dem *Café des Westens* – so der eigentliche Name des *Größenwahns* – in Berlin kopiert hatte. Und dank Dieters spezieller Würzmischung hatte diese Gulaschsuppe auch eine gewisse Berühmtheit in der Region erlangt.

»Was darf´s sein, Fremder?«

So angesprochen war er nun doch nicht mehr ganz so sicher, ob der Gang an die Bar ein guter Einfall gewesen war.

»Peter – und ich überlege noch.«

»Gabi. Kein Problem, ich bin ja hier.« Dabei schaute sie ihm tief in die Augen, um gleichzeitig den Träger ihres BHs zurechtzuziehen. Peter überlegte kurz: Hatte die Frau ihm gerade zugezwinkert?

»Ach, heute ist alles egal – einen *Rattenfänger* bitte.«

»Gute Wahl.« Sie drehte sich um, nicht jedoch, ohne einen eleganten Hüftschwung auszuführen. Ihm fiel ein, dass er gar nicht wusste, was in diesem Gesöff eigentlich drin war. Er wusste nur zweierlei: Erstens sollte er danach kein Auto mehr fahren müssen, zweitens hatte Dieter das Rezept aus Hameln mitgebracht. Insgesamt war Dieter sehr kreativ, was die Namen für seine Cocktails und Longdrinks anging: Es gab *Sex an Deichmanns Grotte und Sabatje*. Das Einzige, was Dieter ansonsten über seine Drinks verriet, war, dass sie vermutlich nicht blind machen würden – keine wirkliche Hilfe. *Sabatje* war ein Cocktail und enthielt Gerüchten zufolge Absinth. Weitere Klatschgeschichten besagten, dass Heike, Gabis Vorgängerin, darüber geplaudert hatte und deshalb entlassen worden sei.

Erst jetzt nahm er auf einem der sechs Barhocker Platz. Er konnte es immer noch nicht fassen, dass alles an dieser Bar tipptopp war – sogar jeder der Barhocker war ein Unikat. Immerhin waren sie allesamt gleich hoch, sodass die Ungleichheit nicht sofort ins Auge fiel. Sie hatten jedoch alle unterschiedliche Bezüge; die einen hatten Stoffbezüge, die anderen waren mit Leder bezogen. Fünf von ihnen hatten ein Holz-, nur einer hatte ein Metallgestell. Die Bar war aus Holz und rot – na gut, ein tiefes Bordeauxrot. Sie hatte eine auffällige Täfelung und – wie viele ihrer Kollegen – im Fußbereich eine hochglänzende Messingschiene, in der sich manchmal in den Nachmittagsstunden auf bestimmten Plätzen die Sonne spiegelte.

»Hier, der *Rattenfänger*. Haste schon ´nen Deckel?«

»Nein.«

»Sag mal, fremder Peter, kennst du eigentlich den Typ, der dahinten bei Dieter sitzt? Ihr seid doch zusammen reingekommen.«

Peter war etwas überrascht, von Gabi so direkt auf seinen Freund angesprochen zu werden. Er überlegte, wie er reagieren sollte. Da ein bisschen Ablenkung nicht schaden konnte, entschloss er sich, das Spiel mitzuspielen.

»Du meinst Achim? Fleischereifachverkäufer und ein alter Kumpel, wir kennen uns schon seit der Schulzeit. Warum fragst du?« Interessiert sah er ihr direkt in die Augen, innerlich musste er sich jedoch zusammenreißen, um nicht loszuprusten.

»Nur so.«

»Nur so gibt´s nicht«, er schaute ihr noch immer tief in die Augen. »Vor allem bei Frauen wie dir.«

Peter merkte am Zucken ihrer Augenbrauen, dass sie ihn zuerst vermutlich unterschätzt hatte und nun sicher etwas vorsichtiger sein würde. Sie unterbrach den unverblümten Blickkontakt. Er war gespannt, wo das nun hinführen würde.

Sie atmete tief durch und schob die Brust merklich nach vorne. »Du hast mich durchschaut. Ich habe den Verdacht, dass er und ich uns kennen. Ich komme aber nicht drauf, zu welchem Anlass das gewesen sein könnte.« Sie schob sich eine Haarsträhne aus dem Gesicht. »Der Typ ist doch nicht wirklich ein Fleischereifachverkäufer?«

Peter lachte, sie sollte wissen, dass das nicht stimmte. Er wusste jedoch sofort, was er als Nächstes zu tun hatte. »Soll ich euch mal miteinander bekannt machen?«

Noch bevor sie antworten konnte, rief er zu seinem Freund hinüber: »Achim!«

Achim schaute auf und Peter sah, wie er bereits aufstehen wollte, als Gabi Peter zuflüsterte: »Bitte nicht.«

»Okay, dafür habe ich was bei dir gut.«

»Erpresser!«

»Immer gerne.« Peter rief abermals zu Achim hinüber: »Hat sich erledigt, die junge Dame hier konnte mir bereits mit der Uhrzeit weiterhelfen.«

Gabi hatte sich schon wieder etwas von dieser Überrumpelung erholt, sie fragte Peter: »Und warum zeigt er dir jetzt einen Vogel?«

»Das macht er öfters. Und nun zu uns beiden Hübschen: Wann hast du heute Schluss?«

*

Christian hielt es nicht mehr aus. Er las nun zum dritten Mal den Artikel über den neuen Bond – zum ersten Mal in der Geschichte gab es einen weiblichen Bond: Emily Blunt. *Jamie Bond* – darüber musste er doch schon sehr grinsen. Warum nicht, sogar *M* war ja zwischenzeitlich mal weiblich! Aber trotz der attraktiven Doppel-Nullagentin konnte er sich nicht mehr konzentrieren. Er musste endlich mal was Körperliches machen.

Er sah zu seinen Freunden: Achim schwatzte immer noch mit Dieter – was die wohl die ganze Zeit zu besprechen hatten? Auch Peter war fortwährend mit der Frau an der Bar ins Gespräch vertieft.

Besser zu Achim, dachte er bei sich. Er machte

das Licht der Stehlampe aus, indem er am entsprechenden Bändel zog, stand auf und legte die Zeitung zurück. Langsam ging er in Richtung Rückfront, hinter deren Glasfassade sich das alte Freibad zeigte.

Christian nahm einen Stuhl vom Nachbartisch und setzte sich ungefragt zu Achim und Dieter. Er schaute vom Einen zum Anderen und fragte: »Wann wird endlich dieses schäbige Schwimmbad eingeebnet?«

Dieter und Achim schauten sich an; erst in diesem Moment bemerkte Christian an ihren Blicken, dass er vielleicht stören könnte. Aber nun war es zu spät.

»Wie bereits die letzten Jahre immer mal wieder soll es aktuell einen Investor geben, der das Gelände kaufen möchte«, antwortete ihm Dieter. »Und was gab es nicht schon alles für Ideen: Spielhalle, Freilichtkino oder sogar eine Diskothek. Bislang hat sich jedoch jeder Hoffnungsschimmer sogleich in Luft aufgelöst.«

Christian sprach Achim direkt an: »Hast du Lust, eine Partie Billard zu spielen?« Und zu Dieter: »Der Billardkeller ist offen, oder?«

»Nein, das nicht, ich kann dir gerne den Schlüssel geben. Aber: Wiedersehen macht Freude.«

»Klar, kein Problem«, er wandte sich nochmals an Achim: »Und, wie sieht´s aus?«

»Na, gut, du lässt ja eh keine Ruhe. Dieter muss gleich das *Schwimmerbecken* aufschließen und unser Casanova ist ja noch auf Beutezug.«

*

Peter sah Dieter an den Tresen kommen, im Vorbeigehen schlug Dieter ihm auf die Schulter: »Peter, altes Haus, gefällt dir Gabi, meine neue, schnuckelige Thekenfee?«

Peter wusste ja, dass Dieter immer sehr direkt war, darum war er – selbst recht schlagfertig – auch nicht um eine Antwort verlegen. »Wir haben gerade überlegt, wie wir dich zu einer sexuellen Anzüglichkeit gegenüber deinem weiblichen Personal reizen können, um dich so auszubooten und den Laden übernehmen zu können.«

Peter war nun auf die Reaktion gespannt. Peter sah, dass Dieter zuerst auf Gabi schaute, dann auf Peter. »Soso, dann verrate ich dir mal ein Geheimnis: Meine Bedienungen sind während der Arbeit dazu verpflichtet, einen Keuschheitsgürtel zu tragen.«

»Einen Tee, Chef? Wir haben, glaube ich, noch ein paar von den leckeren Teebeuteln mit Bittermandelgeschmack.«

»Netter Versuch. Später vielleicht, ich muss jetzt erst das Schwimmerbecken aufschließen.«

»Nimmst du mich mit, ich würde gerne einmal den historischen Spieltisch sehen, der dort oben stehen soll?«, fragte Peter. Der schmollende Blick von Gabi entging ihm nicht.

»Gut, dann werde ich mir für nächste Nacht einen anderen suchen!«

»Ich bin ja gleich wieder zurück.«

»Dann mich inzwischen mal an Achim ran?!«

»Untersteh dich, hier mit den Gästen anzubandeln!« Dieter klang todernst, dann sah Peter ein Grinsen auf seinem Gesicht.

Er stand auf, musste aber noch einen Moment warten, da Dieter erst in aller Ruhe seinen riesigen Schlüsselbund hinter der Theke hervorholte.

Vor der zweiflügligen Glastür blieben sie stehen. Dieter hatte sie einbauen lassen, um den Tagesbetrieb besser vom Abend- und Nachtgeschäft trennen zu können. Beide Flügel ließen sich weit aufdrehen und verschwanden einfach, indem sie gegen die Wand rechter Hand geschoben wurden. Die Glasbausteine auf der rechten Seite der Treppe warfen tagsüber immer ein interessantes Licht in das Treppenhaus. Nun, als es bereits dunkel war, war der Effekt nicht mehr ganz so schön.

Sie gingen die Stufen hoch. Oben angekommen lag vor ihnen die kleine Küche. Ein besonderer Gag war, so hatte Dieter ihnen einmal erzählt, dass ein winziger Lastenaufzug die beiden Küchen miteinander verband. Peter hatte sich früher stets gefragt, was dieser Vorsprung hinter der Bar für eine Bedeutung hatte. Er hatte zunächst gedacht, es handele sich um einen Schornstein – auf einen Lastenaufzug wäre er nie gekommen.

»Hier in der kleinen Küche bereiten wir in der Hauptsache das Fingerfood für unsere Bargäste vor. Auch wenn es nicht so aussieht, die Gulaschsuppe kommt immer von unten.«

Im Gegensatz zum Erdgeschoss war der Teppichboden hier dunkelblau. Noch im Korridor zwischen Treppenhaus und Küche, bevor sie den eigentlichen Raum des Cafés erreicht hatten, konnte Peter die kleine Bühne und vor allem den riesigen Flügel erkennen.

»Wie habt ihr bloß den riesigen Konzertflügel hier hinein bekommen?«

Dieter drehte sich um, grinste, doch blieb er Peter die Antwort schuldig.

Peter rümpfte die Nase, alles im Raum roch ziemlich intensiv nach kaltem Rauch. »Wir sollten gleich mal die Fenster aufmachen.«

»Gute Idee, bloß wird das nicht viel nutzen. In zwei Stunden riecht es hier wieder wie damals samstagabends in der Disco.«

Peter ging zum Flügel. »Wird der Flügel oft benutzt?«

»So dann und wann. Kannst du spielen?«

»Nein, nach meinem ersten Blockflötenkonzert an Weihnachten 1975 war Schluss mit meiner Musikerlaufbahn.«

»Schade – ich suche nach wie vor einen Pianisten, der uns ab und zu mal was spielt.«

Sie hörten Schritte hinter sich auf der Treppe. Alex, Barmann im *Schwimmerbecken*, erschien zum Dienst.

Dieter hob lässig die Hand – hätte er nicht den auf ihn zukommenden Alex begrüßt, würde es ganz so gewirkt haben, als wollte er bei Gabi ein Bier ordern. »Hi, Alex.« Er warf einen Blick auf Peter. »Ihr kennt euch noch nicht: Peter, ein neugieriger Gast, Alex, seit zwei Wochen Barmann hier und im *Größenwahn* bereits weltbekannt als *Night-Clinton*.«

»Angenehm«, antwortete Peter, als er Alex die Hand gab, »aber was ist ein *Night-Clinton*?«

»Hast du heute noch was vor?«

Peter dachte sofort an Gabi, nachdem ihm Dieter diese Frage gestellt hatte. »Ich weiß nicht, warum?«

»Wenn du bis nach Mitternacht aushältst ...«

»... und der Mond die passende Position hat ...«, warf Alex lachend dazwischen.

»... und er in der entsprechenden Stimmung ist, dann holt er sein Saxophon raus und spielt auf. Deshalb auch der Spitzname.«

»Bill Clinton und das Saxophon, richtig? Wow, das würde ich gerne erleben. Du spielst aber nicht jeden Abend?«

»Nein, nur an den Wochenenden.«

»Schade. Heute werde ich es nicht schaffen, die drei *Rattenfänger* haben mich ganz schön geschafft und morgen sind wir auf eine Fete eingeladen.« Dass er vielleicht noch mit Gabi auf die Piste gehen wollte, verschwieg er ihrem Chef besser.

»Ich bin da, komm einfach vorbei, wenn´s dir passt.«

»Versprochen. Aber jetzt muss ich mal sehen, was meine Kumpels machen.«

»Die spielen Billard im Keller.«

Peter war schon auf der Treppe, da rief ihm Dieter hinterher: »Gabi wird nach Ende der Schicht immer von ihrer Schwester abgeholt, die beiden sind häufig noch im *Marley´s* in Beverungen.«

»Bei meinem Namensvetter. Vielen Dank für den Tipp!«

»Glück auf!«

Peter war schon wieder halb die Treppe hinuntergegangen, da fiel ihm der eigentliche Grund für den Besuch im ersten Stock wieder ein und er kehrte um. Dieter schloss gerade sein Büro auf. »Du, Dieter, ich hätte vor lauter Testosteron doch fast den Spieltisch vergessen.«

»Dann komm mal mit.«

Peter folgte Dieter durch das chaotisch unaufgeräumte Büro. Dieser öffnete eine weitere Tür zum Mehrzweckraum, in dem links in der Ecke der Spieltisch stand: »England, spätes 19. Jahrhundert.« Er schlug die grüne Decke zurück, die über dem Möbelstück lag. Der Tisch war in einem überaus guten Zustand.

»Der ist aber noch supergut in Schuss!« Peter war echt überrascht.

»Den habe ich gründlich aufarbeiten lassen, der hat während des Zweiten Weltkriegs bei der Familie eines Freundes in London gestanden. Die V2 hätte ihn damals fast getroffen.«

Dieter nahm die Platte ab, ein filzbezogenes Backgammonfeld kam zum Vorschein. Er drehte die Tischplatte, ihre Rückseite war ebenfalls mit einem Filzüberzug verkleidet: »Und hier drauf kann man prima pokern.«

»Wow.«

»Wir können gerne mal ´ne Partie Backgammon spielen. Wir stellen den Spieltisch raus ans Fenster, setzen uns in die Clubsessel und beobachten zwischen den Zügen, wie das Treibholz die Weser heruntertreibt.«

»Das Angebot nehme ich sicher an, verlass dich darauf!«

*

»Wenn du so ein Räuberbillard spielst, habe ich einfach keine Chance.«
Achim grinste – so wie er es in solchen Fällen immer tat – schmierig und fies.
Sie hatten mittlerweile schon vier Partien Pool gespielt, nur in der dritten hatte Christian überhaupt eine minimale Aussicht auf Erfolg gehabt, aber letztlich hatte ihm Achim auch dies nicht gegönnt: Er machte zack, zack einfach einen seiner unmöglichen Stöße und die Runde war entschieden. Christian dachte an den Spruch »Pech im Spiel, Glück in der Liebe«, aber selbst da war nach der Trennung von Tanja derzeit nichts zu holen. Gerade in den letzten Tagen musste er wieder viel an seine Verflossene denken. Fünf Tage und drei Stunden war es nun her, dass sie sich in Paris, auf dem Platz vor dem Musée d'Orsay, getrennt hatten. Das war auch der Grund, warum er vorhin nicht mit Peter über Paris sprechen wollte.
Achim schüttelte den Kopf: »Du bist heute kein bisschen bei der Sache. Mal was Anderes: Warst du eigentlich schon mal im Raum nebenan? Über den erzählt man sich ja heiße Geschichten.«
»Die Champagnergesellschaft?«
»Die Champagnergesellschaft!«
»Weißt du da was Näheres?« Nun war Christian doch neugierig geworden. »Erzähl mal!«

»Viel weiß ich nicht, nur die üblichen Gerüchte von Pokerrunden und üblen Saufgelagen.«

Er wollte gerade weiterfragen, da ging die Tür auf.

»Peter, dich gibt´s auch noch? Willst du mal gegen den nächsten Gewinner – also Achim – spielen?«

»Ne, lass ma. Ich möchte erst wieder nüchtern werden, ich hatte drei Rattenfänger.«

»Oha!« Christian wusste, dass Peter eigentlich nicht viel vertrug. »Hast du denn noch irgendetwas vor?«

»Ja, wir müssen um elf ins Marley´s fahren?«

»Wieso ins Marley´s?« Inzwischen war auch Achims Neugier geweckt.

»Erzähl ich euch später.«

»Wie heißt sie? – Doch nicht etwa Dieters Thekenfee? Du kannst es einfach nicht lassen!«

»Wir werden sehen, Christian.«

*

Achim war froh: Christian hatte heute Fahrdienst. Kurz nach elf kamen sie im Marley`s an, er und Peter setzten sich gleich zu Gabi und ihrer Schwester. Er sah ab und zu mal hinüber zu Christian. Dieser schwatzte mit dem Inhaber und so vertrieb er sich die Zeit bis gegen eins. Dann kam er an ihren Tisch und drängte zum Aufbruch, er erzählte was von »Samstagmorgen früh aufstehen«, einem Besuch bei IKEA und einem Einkaufsbummel durch Kassel.

Peter guckte ihn verständnislos an: »Nee, wir halten noch die Stellung, die Mädels bringen uns nachher heim.«

»Na, denn. Bis neulich.« Christian ging, er schaute nicht noch einmal zu den Freunden hinüber. »Mist, der ist sauer«, dachte Achim noch.

Sie unterhielten sich gut, doch befürchtete er, dass Peter bei Gabi inzwischen die besseren Chancen hatte, obwohl er es doch war, der sie länger kannte – vom Volkswandertag im letzten Jahr. Sie hatten lange gerätselt, waren dann aber doch darauf gekommen, wo sich Achim und Gabi das erste Mal gesehen hatten.

– ENDE –

2 High Tea mit Weserblick

»Warum müssen wir eigentlich immer wieder diese dicken Wälzer lesen?«

»Herr Bäumler, nur weil sie Thomas Mann nicht mögen!« Frau Werner war empört. Schließlich führten sie diese Diskussion ja nicht zum ersten Mal.

Hannelore »Hanni« Kleinschmidt sprang ihr bei: »Wir haben vor den Sommerferien demokratisch darüber entschieden, letztlich kommen wir im Oktober ja Ihrem Wunsch nach, das Buch *Grenzgang* von Stephan Thome zu lesen.« Er konnte das andauernde Gemecker von Herrn Bäumler auch nicht leiden, darum ergänzte er noch: »Dabei haben wir extra den Septembertermin genommen, damit wir über den Sommer ausreichend Zeit haben, dieses zugegeben dicke Buch zu lesen.«

Willkommen in der literarischen Psychiatrie, dachte Hanni bei sich. Gefasst versuchte sie, die Meute wieder auf das aktuell zu besprechende Buch zu lenken: »Gut, kommen wir nun also zu unserer heutigen Lektüre. Wir hatten uns beim letzten Mal entschlossen, abermals etwas von Thomas Mann zu lesen. Die Wahl fiel mehrheitlich auf den *Zauberberg*.« Sie machte eine kurze Pause, dann sprach sie weiter: »Ich gebe zu, 658 Seiten sind kein Pappenstiel, doch habe ich den Band während unseres jährlichen Aufenthalts in Ahlbeck auf Usedom herrlich genossen.«

Es war wieder einmal Hanni, die die Einführung

in den literarischen High Tea übernahm. Jeden ersten Freitag im Monat fanden sich im *Café Größenwahn* die Literaturfans der Stadt zusammen, um über ein von ihnen selbst ausgewähltes Buch zu sprechen. Diese Buchgemeinschaft traf sich um 18.00 Uhr – ohne schlechtes Gewissen, das literarische Vergnügen mit kulinarischen Genüssen zu verbinden. Immer wenn die rund zehn bis fünfzehn Teilnehmer das Café betraten, strömten ihnen schon die Gerüche von kaltem Braten und leckeren Fruchtsalaten entgegen. Es war eine Tradition, dass zu einem Festpreis von fünfzehn Euro monatlich kalter Braten, kaltes Huhn, Salate, gekochtes Gemüse, Kuchen und Früchte zum Tee gereicht wurden. Besonders beliebt waren der Marmorkuchen nach Art des Hauses und die immer beliebten Scones, die mit einer selbst hergestellten Clotted Cream und Erdbeerkonfitüre serviert wurden. Es gab selbstverständlich auch ein umfangreiches Angebot an erlesenem, englischem Tee; wer diesen nicht mochte, durfte sich auf eigene Kosten auch einen Kaffee oder Espresso bestellen. Die Eigenheit, zu diesem Anlass Tee zu trinken, übertrug sich von England bis an die obere Weser. Die so berühmte Gulaschsuppe des Etablissements war bei ihnen verpönt.

Dieter, der Besitzer des *Größenwahns*, machte sich manches Mal über das Etepetete-Gehabe dieser speziellen Gruppe lustig. Tief im Inneren war er jedoch auch ein klein wenig stolz darauf, dass sich diese Runde bei ihm in seinem Café traf. Öffentlich zugeben würde er das nie, er hatte es nur

Hanni einmal unter dem Siegel der Verschwiegenheit anvertraut.

»Gleich wird uns Frau Werner eine kurze Einführung zu Thomas Mann und das heutige Buch geben. Ich möchte zuvor dessen ungeachtet die Frage klären, wer von uns die schönste Ausgabe des *Zauberbergs* vorzuweisen hat?«

Alle hatten ihr mitgebrachtes Buch vor sich liegen und warteten gespannt auf die Bewertung. Alle? Nein, einige hatten auch ein kleines schwarzes Mäpplein vor sich liegen, in dem sich ihr eReader befand. Sie waren trotz der immer beliebter werdenden eReader natürlich chancenlos.

Hanni warf einen Blick in die Runde: Sie zählte diesmal sechs eReader, sie selbst hatte ebenfalls so ein Gerät. Für sie war es jedoch nicht die fehlende Liebe zum gedruckten Buch, dass sie einen eReader benutzte. Nein, es war vielmehr das (gerechtfertigte) Gezeter ihres Mannes, der einfach keine Lust mehr hatte, jedes Jahr neue Bücherregale in ihrem gemeinsamen Wohnzimmer aufzustellen.

»Ich denke, Herr Bäumler hat trotz seiner Vorbehalte gegen den Dichter die schönste Ausgabe hier in der Runde. Erzählen Sie bitte einmal etwas über die Herkunft dieses Buches!«

Stolz zeigte der Angesprochene das Buch in die Runde. Es war ein grüner Schutzumschlag um das Buch, an einer Ecke leicht eingerissen. Neben der großen weißen Schrift *Thomas Mann – Der Zauberberg* deutete es im unteren Bereich mit schwarz-weißen Geometriefiguren eine Berglandschaft an.

»Danke, das Buch ist von meiner Mutter, es ist die dritte Auflage aus dem Jahr 1958. Der Schutzumschlag hat leider etwas gelitten, aber eine Besonderheit des Buches ist, dass dem eigentlichen Text eine *Einführung in den Zauberberg für Studenten der Universität Princeton* vorangestellt ist.«

»Danke, Herr Bäumler. Lassen wir uns nun von Frau Werner kurz in Thomas Mann und sein literarisches Werk einführen. Anschließend machen wir eine kleine Pause, um uns an den kulinarischen Leckereien gütlich zu tun. Danach steigen wir dann in die literarische Diskussion ein.«

Es war eine Tradition des Lesekreises, dass eines seiner Mitglieder eine kurze thematische Einführung gab: je nach Gusto eine ausführliche Einführung in Leben, Liebe und Werk des entsprechenden Autors beziehungsweise der Autorin oder nur eine stichwortartige Darstellung seines oder ihres Lebenslaufs.

Frau Werner, das wussten alle, war die Expertin für Thomas Mann. Sie nannte Mann zumeist schon gar nicht mit seinem richtigen Namen, sondern bezeichnete ihn einfach nur als den *Zauberer* – so wie es seine sechs Kinder immer so gerne getan hatten. Ein leichtes Raunen ging durch die Runde, als Frau Werner aufstand und die Anwesenden ihre vier bis fünf eng beschriebenen DIN A4-Blätter sahen.

Herr Bäumler tat in seiner Opposition zu dicken Schinken im Allgemeinen sowie Thomas Mann im Speziellen das, was sich viele der Anwesenden von ihm erhofften – er griff ein: »Aber bitte keine Verteidigung einer Promotionsarbeit über Doktor Mann – schließlich hören wir die Geschichte seines Lebenswerks ja mindestens einmal im Jahr. Außerdem werden viele von uns Hunger haben.«

Allgemeines Nicken der Runde, die Anwesenden schienen seine Ansicht mehrheitlich zu teilen. Für ihn war es in der Tat so, und Hanni wusste ebenfalls, dass es vielen anderen genauso ging: Sie kamen nach der Arbeit direkt hierher – und zwar nicht nur, um über gehobene Literatur zu diskutieren. Nein, sie kamen sicher auch, um die bereits verführerisch duftenden Speisen zu genießen.

»Gut, Frau Werner, die Kurzfassung bitte.«

Der Blick von Frau Werner war eindeutig beleidigt, als Hanni die Stimmung aller anderen mit diesen Worten zusammenfasste.

»Gut, dann die Kurzfassung. Der Zauberer wurde am 6. Juni 1875 in Lübeck geboren ...«

Es dauerte immerhin doch gute fünfzehn Minuten, bis sie ihren Vortrag beendet hatte. Dieser wurde nur unterbrochen vom Gähnen des Herrn Bäumler und dem Magenknurren der Hannelore Kleinschmidt.

Ihr »Habe ich noch etwas vergessen?« am Abschluss ihrer Rede klang wie eine Drohung; es hätte nicht viel gefehlt und Herr Bäumler wäre einfach aufgestanden und hätte sich seinen Teller geholt.

Nun beeilten sich alle – nach einem kurzen, höflichen Applaus – zum Buffet zu kommen. Jeder wusste, dass die leckersten Sachen immer am schnellsten weg waren. Zumeist verspürten alle einen gleichzeitigen Heißhunger auf den verführerisch gewürzten kalten Braten aus einer im Ort ansässigen Fleischerei. Dafür musste man den Genuss des ebenfalls deliziösen Marmorkuchens auf die zweite Futterpause – so nannte Hanni dieses Intermezzo gerne – verschieben. Meist nahmen sich die Mitglieder des Leseclubs auch noch den Rest des Kuchens mit nach Hause, wo er von den daheimgebliebenen Familienmitgliedern schon sehnsüchtig erwartet wurde.

Hanni achtete immer auch darauf, dass es erst in der zweiten Pause zum Genuss geistiger Getränke kam. Obwohl es die anderen übertrieben fanden, legte sie darauf großen Wert. Sie hatte eine Heidenangst davor, dass das literarische Fachgespräch durch lallende oder schlafende Mitglieder gestört werden könnte. Mit Dieter hatte sie die Vereinbarung getroffen, dass sie im Gegenzug zum Verkauf des *Literarischen Buffets* eine Flasche Portwein zum Nachtisch mitbringen durfte.

Aber wir greifen der Diskussion vor: Nachdem sich alle am Buffet versorgt hatten, ging es sofort los mit dem literarischen Scharmützel: »Wie hat es euch gefallen?«, »Warum hatte das Stück dieses Ende?«, »Welche Funktion hatte die Figur des Ludovico Settembrini?« und »Warum tauchte immer wieder die Figur des Mitschülers Přibislav Hippe auf?«

Ausführlich ging es um die Entstehungsgeschichte des Werks, nachdem Manns Frau Katia einige Zeit in einem solchen Sanatorium in Davos zugebracht hatte. Herr Bäumler brachte in die Diskussion ein, dass die Figur der einfältigen Frau Stöhr aus den Erzählungen Katia Manns abgeleitet sei, beziehungsweise aus den Beobachtungen von Thomas Mann stammte, der seine Frau einige Male in Davos besucht hatte. So diskutierte man dann weiter und widmete sich auch noch ausführlich der Traumszene im Schneesturm.

Nach einer halben Stunde angeregter Diskussion wurde deutlich, dass die Konzentration merklich nachließ. Daher beschloss Hanni, den Zuckerspiegel der Gruppe mittels Marmorkuchen und Portwein wieder kräftig zu erhöhen. »Also Kinder, Zeit für was Süßes. Hopp, hopp, der Nachtisch wartet!«

Schon etwas träge durch den langen Tag sowie die anstrengende literarische Auseinandersetzung standen sie nach und nach auf. Der Erste in der Runde, der sich zum Buffet begab, war wieder einmal Herr Bäumler. Mochte er keine dicken Schinken, so sagte er zu einem (oder zwei) leckeren Stück Kuchen sicher nicht Nein. Seinen Kolleginnen und Kollegen war das natürlich auch schon aufgefallen und sie machten sich fortlaufend darüber lustig. Sein Spitzname in der Gruppe lautete darum auch *Der süße Gerd* – Rücksicht auf seine Befindlichkeiten nahmen sie schon lange nicht mehr: Das »Schau mal, *der süße Gerd* schlägt wieder zu!« war inzwischen gang und gäbe.

Nach fünf Minuten saßen alle mit ihrem Glas Portwein und dem Stück Marmorkuchen wieder am Tisch und Hanni fragte sich, wie es nun weitergehen würde.

Die Diskussion wurde mit der gewagten These von Frau Werner wieder eröffnet, dass Thomas Mann selbst diesen Roman als einen *Bildungsroman* bezeichnet habe. Sie redeten sich wieder einmal die Köpfe heiß, bevor die »inoffizielle Teamchefin« – O-Ton Dieter – nach einer weiteren halben Stunde das Wort ergriff und mit dankenden Worten die Diskussion beendete.

»Ihr Lieben, ich muss ganz ehrlich sagen, dass mir die Diskussion heute wieder einmal sehr viel Spaß gemacht hat. Doch bevor ihr euch gleich alle auf den übriggebliebenen Marmorkuchen stürzen dürft, haben wir noch eine Aufgabe zu erledigen: Letztes Mal konnten wir uns leider nicht auf die verbleibenden Bücher für die Monate November und Dezember einigen. Wir hatten lediglich – auf besonderen Wunsch von Herrn Bäumler – *Grenzgang* von Stephan Thome als Oktoberlektüre festgelegt.« Sie schaute auf den von ihr benannten Herrn, alle Blicke folgten ihr: »Gehe ich recht in der Annahme, dass Sie uns eine kurze Einführung in das Buch geben werden?«

Der Angesprochene nahm die Kuchengabel vom Mund, in den er sich einen Moment zuvor noch das letzte große Stück Marmorkuchen von seinem Teller hineingeschoben hatte. Nervös versuchte er aufgrund der von ihm erwarteten Antwort schneller zu kauen und zu schlucken, wobei er sich zwangsläufig verschluckte und sofort heftig zu husten begann. In Ermangelung der Möglichkeiten sprachlicher Kommunikation begann er, heftig zu nicken.

Als Hanni das mit einem »Ich nehme das jetzt

mal als ein *Ja*« kommentierte, mussten sich alle Anwesenden ein Grinsen verkneifen.

»Also, wer hat einen Vorschlag?« Dabei schaute sie wieder fragend in die Runde.

Als sich niemand meldete, übernahm sie es, das erste Buch vorzuschlagen: »Wie wäre es, wenn wir Anfang Dezember *Drei Männer im Schnee* von Erich Kästner lesen würden?« Und als wollte sie dem Rest der Runde das Buch besonders schmackhaft machen: »Das Buch ist dünn, die Lektüre ist leicht und vor allem ist es zur Abwechslung mal ein lustiges Buch.«

Entrüstet übernahm es Frau Werner, ihr energisch zu widersprechen: »Mensch, Hanni, bist du es nicht, die uns immer die schwere Literatur toter Dichter aufschwatzt?« Im Spaß setzte sie hinzu: »Vielleicht wollen wir auch mal lebende Autoren lesen. Solche, die man in Kassel oder Göttingen vielleicht auch mal auf einer Lesung erleben kann?«

»Gut«, entgegnete die wie immer ruhig und besonnen reagierende Hanni, »dann mach mal einen Vorschlag!«

»Gut, wie wäre es mal wieder mit einem Kriminalroman? Ich habe gerade *Der Fall Collini* von Ferdinand von Schirach gelesen, das Buch hat mir sehr gut gefallen.«

»Das Buch ist schon älter, oder? Außerdem haben wir dafür doch *Mord und Totschlag*!«

»Aber immerhin lebt der Autor noch. Und zu *Mord und Totschlag*: Ich bin ja auch in unserer Krimi-Lesegruppe hier im *Café Größenwahn*. Aber die lesen mir mittlerweile zu viele Thriller. Ich möchte endlich mal wieder einen ganz normalen Kriminalroman lesen.«

Hanni gab nicht auf: »Dein letzter Vorschlag war *Der nasse Fisch* von Volker Kutscher, das Buch hat mir ja gar nicht gefallen!«

»Allen anderen aber schon, oder?«

Die anderen schienen sich aber nicht in die Diskussion einmischen zu wollen. Sie hatten wohl Angst, zwischen die Fronten der beiden Alphaweibchen der Lesegruppe zu geraten. Da nahm sich der inzwischen wieder schluckfähige und hustenfreie Bäumler ein Herz und ergriff das Wort. Ich habe damals *Verbrechen* und *Schuld* von von Schirach gelesen und sie haben mir sehr gut gefallen. *Der Fall Collini* kenne ich aber nicht.«

Frau Werner fasste zusammen und kam damit der bereits grimmig dreinblickenden Hanni zuvor: »Dann ist es abgemacht: von Schirach im November, Kästners Schneemänner im Dezember«.

Zum ersten Mal schaute Hanni etwas säuerlich, ihr Blick stand auf Durchladen und wollte die Konkurrentin mit einem Blick erledigen. Sie trank ihren letzten Schluck Portwein und nahm alle Kontenance zusammen: »Wir sehen uns dann am 4. Oktober zum *Grenzgang*. Und denkt daran: Dieter hält uns in der zweiten Hälfte den Vortrag ...«, sie schaute auf ihren Zettel, »... *Die Geschichte und Tradition des High Teas.*«

Um diesen Abend in ihren Augen würdig ausklingen zu lassen, würde sie sich nach diesem Ärger zu Hause sicher noch ein, Gläschen gönnen.

*

Einen Monat später ...

»... mit Bergenstadt ist eigentlich Thomes Heimatstadt Biedenkopf gemeint ...« Herr Bäumler hatte seine Einführung begonnen und war bereits bei der Kurzfassung der heutigen Lektüre angelangt.

Dieses Mal hatten sie sich vorgenommen, das zu lesende Buch bis zur zweiten Pause abzuhandeln, es gab an diesem Abend ja noch einen weiteren Programmpunkt: Der Besitzer des *Größenwahns* hatte ihnen kurzfristig das Angebot gemacht, sie einmal grundsätzlich in die Geschichte und Tradition des High Teas einzuweihen. Viel Mühe musste er sich nicht machen, er hatte einfach im Internet gesucht und auf der Internetseite des Klosters Bentlage folgenden Text gefunden, den er nun vortrug:

»Der Überlieferung nach geht diese Tradition auf Anna, Seventh Duchess of Bedford (1783-1857) zurück. Die Duchess beschloss eines Tages, die Zeit zwischen Lunch und Dinner sei zu lang, um ohne Nahrungsaufnahme das Leben genießen zu können. Gesagt – getan, die Gute wies ihre Dienerschaft an, Tee mit leichten Snacks zu servieren. Das gefiel Ihro Gnaden so gut, dass dieser ausgedehnte Afternoon Tea jeden Tag angerichtet wurde. Freunde übernahmen dies und das Ritual setzte sich sehr schnell im Land durch. Das Besondere am High Tea ist also nicht nur der Tee allein, nein, auch das Begleitprogramm der Snacks ist wichtig.

Serviert werden kleine, feine Sandwiches, Küchlein, Pastetchen und allerlei Süßes ...«

Dieter machte eine künstliche Pause, dann fuhr er mit seinen eigenen Worten fort: »Daran versuchen wir uns hier auch zu halten. Wir hoffen auch, dass Ihnen unsere kulinarischen Spezialitäten gut geschmeckt haben und Ihnen auch weiterhin gut schmecken werden.« Er hob den rechten Arm. »Denn es ist mir jeden ersten Freitag im Monat ein besonderes Vergnügen, für Sie hier alles so zu vorbereiten. Sie haben im Vergleich zur Krimi-Lesegruppe sicherlich den erleseneren Geschmack. Ihre Kollegen von *Mord und Totschlag* geben sich schon mit kalten Schnitzeln und Buletten zufrieden.« Er verschränkte seine beiden Hände ineinander und sprach: »Vielen Dank für Ihre Aufmerksamkeit. Bleiben Sie mir gewogen.«

Applaus.

– E N D E –

3 Die Champagnergesellschaft

Nicht nur im Ort wird so manches Mal über sie gesprochen – die kleine Gemeinschaft, die sich immer montagabends ab 22.00 Uhr im Kellerraum des *Café Größenwahn* zu einem Stelldichein versammelt. Viele würden nur allzu gerne einmal hinter die schwere Eichentür schauen, direkt neben dem Billardkeller. Kann man ansonsten jederzeit eine gepflegte Partie Pool spielen, so ist der gesamte Kellerbereich jeden ersten Tag der Woche ab circa halb zehn geschlossen. Dieter, der Besitzer, kommt dann persönlich nach unten und bittet die Spieler, doch diese Runde in Ruhe zu beenden und sich anschließend freundlicherweise nach oben zu begeben. Gegen seine zuvorkommende Bitte gab es bisher kaum Beschwerden, wissen doch alle, dass die zweite Aufforderung wesentlich bestimmter vorgetragen werden würde.

Sind die Spieler dann verschwunden, so wird umgehend die Glastür vor der Treppe, die vom Erdgeschoss des Cafés hinunter in den Keller führt, geschlossen. Von nun an kann niemand mehr unbemerkt hinuntergelangen. Der Eintritt ist nun allein denjenigen vorbehalten, die über den exklusiven Zugang verfügen. Ein ungeschriebenes Gesetz besagt, dass Fremde, Möchtegern-Promis und andere Gestalten aus der Zwischenwelt keinen Einlass erhalten. Vermutlich ist es die einzige Lokalität im Ort, deren Zutritt mittels eines Türstehers geregelt wird. Andreas, im Volksmund auch *Ali* genannt – wegen der sportlichen Figur und der Vorliebe für türkisches Essen – hat diese Aufgabe gerne übernommen. Und in der Tat: Sieht man *Ali* vor der schweren Glastür zum Kellerabgang stehen, versucht man besser nicht, an ihm vorbeizukommen, sondern fragt im Zweifelsfall lieber danach, wo denn die Toiletten zu finden sind.

Gut informierte Kreise wollen wissen, dass sich in ebendiesem Raum Montag für Montag fünfzehn Personen versammeln, um miteinander ... ja was eigentlich? Zu feiern, zu spielen, geheime Seilschaften zu pflegen? Von Champagner und Kaviar ist die Rede, alten Weinen und exklusiven Speisen. Einer sprach hinter vorgehaltener Hand sogar einmal von einer Lieferung kubanischer Zigarren, die Gabi einmal in seiner Anwesenheit angenommen habe. Diese Gerüchte sind auch der Grund, warum diese illustre Truppe als *Champagnergesellschaft* bezeichnet wird.

Es gibt eine Gruppe von Menschen, die geht unerschütterlich davon aus, dass dort hinter verschlossenen Türen in Wirklichkeit die Geschicke der Stadt gelenkt werden und nicht bei den öffentlichen Sitzungen der Stadtverordnetenversammlung. Bewiesen ist natürlich nicht, dass eine kleine Clique von Dons den ganzen Ort in der Hand hat. Vermutlich beruht dieser Verdacht eher darauf, dass einer der Anwohner, der spät mit dem ungeduldigen Hund unterwegs war, den Bürgermeister zu fortgeschrittener Stunde noch über die Brücke hat fahren sehen.

Andere hingegen sind der festen Überzeugung,

dass allwöchentlich hochdotierte Pokerrunden in diesem Etablissement stattfinden. Genährt wird dieses Gerücht durch die Beobachtung eines weiteren aufmerksamen Bürgers. Er hat beobachtet, dass der wohlhabende Besitzer eines Vier-Sterne-Hotels statt mit dem Porsche nun mit einem Fabrikat aus Köln seine Runden dreht. Man denkt ja gar nicht, was Gespräche an der Supermarktkasse alles bewirken können: Erzählt es der eine unter dem Siegel der Verschwiegenheit einem anderen, so kann er sicher sein, dass es bald jeder im Ort weiß.

Aber warum trifft sich dieser exklusive Zirkel immer montags und dann auch erst nach 22.00 Uhr? Da der Kern der Gruppe sich aus den Gastwirten von Bad Karlshafen und der Umgebung zusammensetzt, hat man sich auf den Montag geeinigt. An diesem Tag ist aus nachvollziehbaren Gründen die Mehrzahl der Gastwirtschaften geschlossen. Um jedoch auch denen, die zur unverhohlenen Schadensfreude ihrer Kollegen doch *Thekendienst* machen müssen, eine Teilnahme zu ermöglichen, wurde der Beginn des Treffens einvernehmlich auf 22.00 Uhr gelegt.

Ich selbst konnte einmal beobachten, wie *Ali* eines Abends auf einem Fest in Helmarshausen von Neugierigen umringt war. Sie bedrängten ihn, einige dieser für sie so wichtige Fragen zu beantworten. Er blieb jedoch hart und verriet kein Sterbenswort. Was sollte er auch machen, schließlich war er schon ein wenig stolz auf seine Tätigkeit. Außerdem würde er, falls er etwas verraten würde, sofort seinen Job verlieren – Dieter duldet keine Illoyalitäten. Ich hörte von meinem Platz an der Theke aus zu, wie die ratlos Zurückgelassenen bei weiteren mindestens fünf Bier darüber diskutierten, wie das Rätsel zu lösen sei. Als nach Mitternacht die Kapelle anfing, *Herzilein* von den Wildecker Herzbuben zu spielen, gaben sie ihr Unternehmen auf. Die beste Idee war damals noch die, Privatdetektiv zu spielen und sich jeden Montagabend auf die Lauer zu legen. Letztlich war die Bequemlichkeit dann doch zu groß. Lieber zerriss man sich das Maul.

Seit nun ein bekannter Barbesitzer aus Beverungen ebenfalls zu dieser *Gastronomischen Tafelrunde* gehört, sind die *Eingeborenen* jedoch etwas nervös. »Jedes Mal steht da ein alter Ford Capri mit Höxteraner Kennzeichen vor der Tür.« – »Was hat der denn hier zu suchen?« Und so weiter und so fort. Die Karlshäfer bleiben halt gerne lieber unter ihresgleichen.

Es ranken sich viele Gerüchte um das *Café Größenwahn* ... und mehr weiß ich verdammt noch mal auch nicht!

– E N D E –

4 Mord und Totschlag im *Café Größenwahn*

Von Stephanie Bertram

Es herrschen Mord und Totschlag im *Café Größenwahn*! – wie einstmals Steckbriefe hängen diese Verlautbarungen aktuell gefühlt an jeder dritten Hauswand. Die blutroten Zettel mit den großen weißen Lettern sind bereits von Weitem gut zu erkennen. Dieses in der ersten Wahrnehmung ebenso plakative wie auch beunruhigende Statement entpuppt sich jedoch auf den zweiten Blick als ein wesentlich zahmeres Ansinnen: Gibt es mit dem *Literarischen Teekränzchen* einen Lesekreis, der vor allem bei älteren Damen Anklang findet und der mit dem *Literarischen High Tea* sogar eine Abendveranstaltung ins Leben rufen konnte, so fehlte noch eine Gruppe für jüngere Leser sowie für Leser, die sich nicht nur mit anspruchsvoller Literatur befassen wollen. Daher traten einige Krimifans an das Café Größenwahn heran, um ein Krimi-Lesecafé ins Leben zu rufen. So kam es zu *Mord und Totschlag im Café Größenwahn*.

Das Kulturblättchen (KB) hatte die Gelegenheit, mit Sylvia Radeberg, der Erfinderin und Initiatorin von *Mord und Totschlag*, sowie mit Dieter Kern, Besitzer des *Café Größenwahns*, zu sprechen.

KB: »Frau Radeberg, ist es nicht etwas gewagt, zu *Mord und Totschlag im Café Größenwahn* aufzurufen? Ist Ihr nächstes Projekt vielleicht *Plündert den Supermarkt!*?«

Sylvia Radeberg (lacht): »Nein, bestimmt nicht. Doch auch wenn sich das *Café Größenwahn* derzeit einer großen Beliebtheit erfreut – es geht immer noch nichts über plakative Werbung.«

KB: »Wohl wahr. Doch was lesen Sie, was werden Sie lesen?«

Sylvia Radeberg: »Um hier noch einmal einen alten Bond-Titel zu strapazieren: Es geht eher um *Lesen und Lesen lassen*. Wie bei der Lesegruppe *Belletristik* sowie dem sich in Vorbereitung befindlichen *Fantasy-Kreis* ist es so, dass sich die Mitglieder der Gruppe die Titel aussuchen. Wir lesen in der Gruppe alles, vom Fitzek-Thriller bis zum Neuschwanstein-Krimi. Heute hat jeder kleine Ort und jede Region ihren Regionalkrimi, daher wird uns der Lesestoff sicher so schnell nicht ausgehen.«

KB: »Auch regionale Autoren wie Christian Schneider und Christiane Höhmann?«

Radeberg: »Ja, gerade Autoren aus der Gegend sind immer wieder einmal im Programm.«

KB: »Herr Kern, Sie haben nichts gegen *Mord und Totschlag im Café Größenwahn*?«

Kern: »Solange er sich nur in den Köpfen der Leser abspielt – nein.«

KB: »Gut, die Menschen lesen diese Bücher. Doch warum denken Sie, dass sie auch über diese Dinge sprechen wollen?«

Radeberg: »Aus zweierlei Gründen: Erstens regt es die Fantasie an, die zum Teil grausamen Handlungen nicht nur im eigenen Kopfkino ablaufen zu lassen, sondern diese Erfahrungen auch noch mit anderen Leuten auszutauschen. Zweitens wird es ganz sicher so sein, dass die Teilnehmer sich gegenseitig befruchten und neue Ideen bekommen.«

KB: »Sie sprechen jetzt aber nicht vom perfekten Mord?«

Radeberg (lacht abermals): »Nein, natürlich nicht. Aber in Gedanken zu morden, ist schließlich nicht strafbar. Ich frage Sie: Wann hätten Sie zum letzten Mal gerne einmal jemanden an die Wand geklatscht?«

KB: »Ähm. Sie haben recht, das ist gar nicht so lange her.«

Kern: »Bei mir war es erst gestern.«

Radeberg: »Jemanden, den ich kenne?«

Kern: »Bald vielleicht nicht mehr«, (räuspert sich), »aber keine Angst, war nur Spaß.«

KB: »Dann ist ja gut, darüber macht man eigentlich keine Witze.«

Kern: »Stimmt, aber was denken Sie, warum wir manchmal so schlecht träumen – weil wir alle Gutmenschen sind?«

KB: »Werden Sie, Herr Kern, sich beteiligen? Wenn ich Sie so höre – durchaus mit dem Ziel einer therapeutischen Behandlung?«

Kern: »Das ist zweifellos möglich. Schon heute bin ich ab und zu dabei – vor allem, wenn mich ein Buch besonders interessiert.«

KB: »Zurück zum Krimi-Lesecafé: Frau Radeberg, meinen Sie denn, dass es auf längere Sicht ausreichend Leserinnen und Leser geben wird, die sich die Zeit nehmen, ihre gelesenen Bücher in einer Gruppe zu besprechen?«

»Das denke ich schon. Zumal Sie gar nicht glauben, was für blutrünstige Dinge die Menschen hinter ihrer verschlossenen Schlafzimmergardine so lesen.«

KB: »Ich muss immer noch an die Aussage von Herrn Kern denken. Kann es nicht sein, dass sich Menschen das Gelesene zum Vorbild nehmen, ihre Gegner selbst zu richten?«

Radeberg: »Das ist nun doch etwas weit hergeholt.«

Kern: »Das finde ich auch. Sie haben doch sicher Harry Potter gelesen?«

KB: »Ja.«

Kern: »Und sich mit der Hauptfigur identifiziert?«

KB: »Sicher.«

Kern: »Wie viele Dementoren und Todesser hat der gute Harry wohl insgesamt getötet, bevor er Voldemort erledigt hat?«

KB: »Einige.«

Kern: »Sehen sie, die Menschen sind tief in ihrem Innern recht primitiv, daher haben Einrichtungen wie das Krimi-Lesecafé mehr und mehr Zulauf.«

KB: »Sie denken also nicht, dass Leser im wahrsten Sinne des Wortes Blut riechen und die Lunte zu brennen beginnt?«

Radeberg: »Ich will Dieter Kern hier mal zur Seite springen. Würde man so argumentieren, so dürfte man im Fernsehen nur noch *Teletubbies* zeigen. Und vermutlich noch nicht mal die. Ich gebe Ihnen natürlich recht, dass Bücher auch töten können. Der Mörder von John Lennon hat später erklärt, dass er im Buch *Der Fänger im Roggen* von J. D. Salinger die Aufforderung gelesen habe, eine Berühmtheit töten zu müssen, um selber berühmt zu werden.«

Kern: »Ein extremes, aber trauriges Beispiel.«

KB: »Kommen wir noch einmal auf den Austausch zwischen den Lesern zurück. Warum treffen sich Menschen in Lesegruppen?«

Radeberg: »Die Menschen suchen Gedankenaustausch in Sachen Lesestoff. Hier treffen sie auf Gleichgesinnte, die ähnliche Interessen und gleiche Veranlagungen teilen. Typen, die auch bereit sind, ihre Wohlfühlzone zu verlassen, um in sehr unangenehme Situationen einzutauchen. *Kopfkino* ist hier das Schlagwort.«

KB: »Es geht also um gehobenen Voyeurismus?«

Radeberg: »Wenn man es so einfach ausdrücken will – ja – und ich gebe Ihnen auch gerne ein Beispiel: Würde es eine neue Krimiserie im hr-Fernsehen geben, die den Namen *Pathologie Hofgeismar* trüge und qualitativ gut wäre, glauben Sie mir, die Leute würden sich das anschauen.«

KB: »Wirklich?«

Radeberg: »Ja, und sie würden sogar am nächsten Morgen im Büro darüber reden.«

Kern: »Es gibt in diesem Zusammenhang ein passendes Zitat, doch glaube ich kaum, dass viele wissen, wer es gesagt hat.«

KB: »Sie machen mich neugierig.«

Kern: »Das Zitat ist von einem berühmten Schreiberling, es lautet: ›Ich kann mir kein Verbrechen vorstellen, das nicht auch ich hätte begehen können!‹«

KB: »Keine Idee.«

Kern: »Dieses Zitat stammt nicht von irgendeinem Serienfrauenmörder des vergangenen Jahrhunderts, es stammt von dem über alle Dinge erhabenen Dichterfürsten Johann Wolfgang von Goethe – Deutschlands wohl größtem Dichter.«

KB: »Was?«

Radeberg: »Ja, da staunen Sie! Und wenn so ein kluger Mann das sagt, was soll da erst im einfachen Mann von der Straße vorgehen? Das ist einer der Gründe, warum Menschen in Krimi-Lesecafés gehen.«

KB: »Ich sehe, Sie beide sind ein eingespieltes Team – die *literarischen Bonnie und Clyde*?«

Kern (schaut Radeberg an): »Wenn Ihnen das gefällt. Der Slogan ist sicher nicht schlecht fürs Geschäft.«

KB: »Das lasse ich jetzt einfach mal so stehen. Kommen wir also noch mal zur Location, dem Café Größenwahn. Warum gerade hier?«

Kern: »Es hat vor Jahren bereits einmal den Versuch gegeben, ein Literaturcafé im Ort zu betreiben. Das *Café Hugo* lief eine gewisse Zeit, es hatte eine sehr engagierte Betreiberin und vor allem auch eine tolle Inneneinrichtung: Das Café war voller Bücher. Immer wenn ich in Karlshafen war, bin ich gerne dorthin gegangen, habe meinen Tee getrunken und mir ein Buch genommen und angefangen, es zu lesen. Dann haben die Instandsetzungsarbeiten an der Hafenmauer begonnen und ohne den Terrassenbetrieb konnte man das Café nicht wirtschaftlich betreiben. Vielleicht waren die Menschen im Ort damals auch noch nicht bereit für ein literarisches Café.«

KB: »Denken Sie, dass in einem Ort, in dem sich wegen der Hafenöffnung fast ein Bürgerkrieg entfacht hatte, die Menschen nun, da sich das Klima wieder beruhigt hat, die Muße haben, sich den schönen Dingen des Lebens, wie der Literatur, zuzuwenden?«

Radeberg: »Ja, da bin ich mir sicher. Man muss das Angebot nur ausreichend bekannt machen und die Veranstaltungszeit günstig auswählen.«

KB: »Noch einmal: Der Ort hat keine Bücherei, die Menschen müssen sich all ihre Bücher kaufen. Wo sollen sie das denn tun?«

Radeberg: »Sie haben recht, wer etwas braucht, bestellt es sich heutzutage im Internet. Doch haben wir noch immer zwei Geschäfte im Ort, in denen man Bücher kaufen oder zumindest bestellen kann. Wir streben an, die benötigten Bücher gesammelt im örtlichen Buchhandel zu bestellen, um die Wirtschaftskraft des Ortes zu stärken.«

KB: »Wo genau finden *Mord und Totschlag* statt?«

Kern: »Im ersten Stock des Cafés.«

KB: »Im *Schwimmerbecken*?«

Radeberg: »Ja, so nennt man es wohl.«

KB: »Wie kommt die Etage zu diesem Namen?«

Kern: »Sie stammt vom Original-Größenwahn des Berlins des beginnenden zwanzigsten Jahrhunderts. Es ist ein Spleen von mir, ich habe viel darüber gelesen und auch in der Bibliothek des *Vereins für die Geschichte Berlins* zum Thema recherchiert.«

KB: »Die Bezeichnung *Größenwahn* hat aber nichts mit dem Hafenöffnungsprojekt der Stadt zu tun?

Kern: »Von mir aus nicht, obwohl das beinahe nahe liegen würde. Ich will einige der Gepflogenheiten und die Spleens des einstigen Cafés, das ja eigentlich *Café des Westens* hieß, wieder aufleben lassen. Ich verspreche mir dadurch, eine ganz bestimmte Sorte Menschen anzuziehen.«

KB: »Die mit einem Spleen?«

Kern: »Das haben Sie gesagt. Ich würde eher die ansprechen wollen, die etwas Besonderes erleben möchten und die vielleicht die Nase gerne etwas höher tragen. Wann kann man denn schon einmal die Treppe hinaufsteigen und *geheime Räume* betreten, während andere im Erdgeschoss die zugegeben gleiche Gulaschsuppe löffeln?«

KB: »Schickimicki, Boheme?«

Kern: »Vielleicht ein wenig.«

KB: »Hier an der Oberweser? Ist das nicht sehr gewagt?«

Kern: »Vermutlich schon, es hat aber auch noch nie jemand probiert. Schließlich kommen die Leute auch von überall hierher, um in die Weserbergland-Therme zu gehen oder den Konzerten der Musikschule im Landgrafensaal zu lauschen.«

KB: »Und warum sitzen dann die *normalen Irren*, die nur im Schlafzimmer blutrünstige Geschichten lesen, im *Schwimmerbecken*?«

Kern: »Vor allem, weil es oben einen abgetrennten Bereich gibt, in dem sie sich ungestört ihren Gelüsten hingeben können.«

KB: »Erlauben Sie mir zum Abschluss noch ein paar persönliche Fragen zu ihren Lesegewohnheiten.«

Radeberg: »Bitte.«

KB: »Wie viele Bücher besitzen Sie?«

Radeberg: »Vier große Regale voll.«

Kern: »Alle, die hier stehen.«

KB: »Buch oder eReader?«

Radeberg: »Buch, doch mein Mann schimpft andauernd über die ständig neuen Bücher. Daher wird sich ein eReader nicht vermeiden lassen.«

Kern: »Ganz klar: Buch.«

KB: »Ihre Meinung zu ebook-Flatrates?«

Radeberg: »Für Vielleser leider unschlagbar.«

Kern: »Kein Kommentar.«

»Frau Radeberg, Herr Kern, ich danke Ihnen für dieses Gespräch.«

– E N D E –

Themenstadtführung: *Die Carlsbahn in Bad Karlshafen*

Bad Karlshafen: *Samstag, 18. Mai 2019, 10.00 Uhr: ›Themenführung Carlsbahn‹, 75 min. Rundgang mit Christian Bachmann, anschließend Möglichkeit zum Besuch der Fotoausstellung ›Die Carlsbahn gestern und heute‹. 5,00 Euro pro Person. Treffpunkt: Weserufer hinter dem Landgraf-Carl-Haus. Anmeldung nicht erforderlich.*

*

Es nieselte. Das hielt jedoch die zirka zwanzig Personen nicht davon ab, sich an jenem Samstagmorgen hinter dem Landgraf-Carl-Haus an der Weser zu treffen. Es war eine gemischte Gruppe: Männer und Frauen, alt und jung, Einheimische und Gäste. Thorsten wartete in ihrer Mitte auf Christian Bachmann.

Thorsten hatte bereits einiges über Bachmann gehört: Er komme aus Hümme und solle mit seinen fünfundsiebzig Jahren ein noch sehr rüstiger, junggebliebener Eisenbahnfan sein. Er gehöre zum *Verein Carlsbahn e. V.* und sei einem Jahr auch ihr Vorsitzender. Vor allem seiner Initiative sei es zu verdanken, dass es seit letztem Jahr in Hümme ein kleines Eisenbahnmuseum gab. Hümme hatte damit das Rennen der beiden Start- und Endpunkte der ehemaligen Carlsbahn-Strecke – eben Bad Karlshafen und Hümme – gemacht, die darum wetteiferten, ein *Carlsbahn-Museum* zu eröffnen. Aber wenigstens gab es seit einem halben Jahr in Bad Karlshafen eine Fotoausstellung über die Carlsbahn, die den Stadtrundgang und das Museum in Hümme ergänzten. Insgesamt gab es nun, gemeinsam mit Trendelburg, drei Standorte, die sich mit der Geschichte dieser 1966 stillgelegten Bahn beschäftigten.

Die Räumlichkeiten in Bad Karlshafen wurden von Thorsten und anderen im Ort umgangssprachlich Museum genannt, doch war es eher eine feste Ausstellung. Eine ehemalige Reinigung in der Weserstraße war zu diesem Museum umgestaltet worden, nachdem man lange nach geeigneten Räumlichkeiten gesucht hatte. Am 15. April 2019 hatte das *Museum* nun seine Tore geöffnet. Doch war das Bemerkenswerte nicht seine sehr interessante Fotoausstellung *Die Carlsbahn gestern und heute*. Nein, das Besondere war das städtische Gesamtkonzept *Attraktion Carlsbahn in Bad Karlshafen* (so der Arbeitstitel des vom Carlsbahn-Verein und dem Heimatverein des Ortes gemeinsam vorangetriebenen Projekts). Hatte die Fotoausstellung jeweils an den Wochenenden geöffnet, so gab es innerhalb der Saison, also in den Monaten Mai bis Oktober, alle vierzehn Tage eine Führung. Ihre Besucher wurden zu insgesamt fünf Stationen im stadtnahen Bereich geführt, die unmittelbar mit der Carlsbahn und ihrer einhundertachtzehnjährigen Geschichte in der Stadt zu tun hatten.

Thorsten merkte, dass die Gäste nun bereits etwas ungeduldig wurden an der ersten Station ihrer

Führung, als Christian Bachmann endlich eintraf. Er hatte einen großen Schirm dabei und bewegte sich für sein Alter erheblich schneller, als es so mancher der Wartenden für möglich gehalten hätte.

»Guten Tag und herzlich willkommen zu unserer Carlsbahn-Führung. Mein Name ist Christian Bachmann und ich bin der Carlsbahn schon quasi mein ganzes Leben lang verbunden. Zuerst als Passagier, dann beruflich und nun schließlich ehrenamtlich.«

Er machte eine Pause. Bachmann wirkte, als hätte er sich zwar nicht beim Laufen, dafür aber bei seiner Begrüßung übernommen. »Entschuldigen Sie bitte auch meine kleine Verspätung, ich bin mit dem Auto gekommen. Hätte ich die Bahn nehmen können, wäre ich sicher pünktlich gewesen.«

Erwartungsvoll schaute er in die Runde, vermutlich erwartete er ein Lächeln oder wenigstens ein Grinsen seiner Zuhörer. Thorsten schmunzelte, doch reichte es aufgrund des Nieselregens bei ihm nur zu einem Schmunzeln.

Bachmann begann seine Ausführungen und Thorsten beschloss, von nun an aufmerksam zuzuhören. Schließlich hatte er als alteingesessener Karlshäfer von seinem Opa viel über die Carlsbahn gehört.

»Also, Sie sind heute Morgen hierhergekommen, um mit mir einen Themenrundgang zur interessanten Geschichte der Carlsbahn zu unternehmen. Der ganze Rundgang dauert ungefähr fünfundsiebzig Minuten und wird vor den Räumlichkeiten der wirklich sehenswerten Fotoausstellung *Die Carls-*

bahn gestern und heute enden. Wir begehen fünf Stationen, hier befinden wir uns bereits an der ersten Station unseres Rundgangs.«

Er schaute neugierig in die Runde. »Weiß jemand von Ihnen, warum wir unsere Führung genau an diesem Ort beginnen?«

Thorsten und die anderen sahen sich fragend an, doch wusste keiner so recht, was er antworten sollte.

»Haben Sie keine Idee?« Er schaute von Gesicht zu Gesicht und sah nur Ratlosigkeit. »Dann gebe ich Ihnen mal einen kleinen Tipp: Wir stehen hier am Kanal, der früher, gemeinsam mit dem Hafen und dem Rathaus, ein wirtschaftlich wichtiger Teil des Ortes war.«

Ein Mann schaute weg, als Bachmann ihn direkt ansah. Verschämt kramte er in seiner Hosentasche und nahm ein Taschentuch heraus.

»Feigling«, dachte Thorsten. Er hätte wenigstens etwas geraten.

»Nun gut, ich will Sie auch nicht länger auf die Folter spannen: Wir stehen – je nach Perspektive – am eigentlichen Start- beziehungsweise Endpunkt der Carlsbahn. Viele von Ihnen wissen sicherlich, dass auf dem Standort der heutigen Marie-Durand-Schule früher einmal der *Bahnhof Karlshafen linkes Ufer* stand – einer von zeitweise zwei Bahnhöfen des Ortes. Leute aus dem Ort wissen bestimmt auch, dass die Gleise früher in direkter Linie bis zur Weser führten. Aber hier, an diesem Punkt, hatte der Gleisweg seinen Anfang. Hier wurden die Waren, die über die Weser kamen, in Güterwaggons geladen und weiter nach Kassel transportiert – oder eben auch anders herum. Heute würde man die Carlsbahn den *Landgraf-Carl-Kanal 2.0* nennen.«

Hier schob er einen kleinen Exkurs über den Landgraf-Carl-Kanal, den der Stadtgründer selbst geplant hatte, ein.

»Letztlich wurde damit das Ziel eines Transportweges vom damaligen Carlshaven nach Kassel unter der Umgehung von Hannoversch Münden einhundertneunundvierzig Jahre später doch noch realisiert. Lediglich mit einem anderen Transportmittel.«

Bachmann erzählte noch gut weitere zehn Minuten über den Schiffsverkehr auf der Weser, das Umladen der Güter und die Probleme bei Hoch- beziehungsweise Niedrigwasser. Er zeigte seinen Zuhörern, wo sich die erste der drei Drehscheiben befand, die einen Warentransport erst möglich machten. »Von hier aus führten zwei Gleise zu den beiden weiteren Drehscheiben, die sich in im Bereich Gerbergasse/An der Schlagd befanden – zu ihnen kommen wir gleich.«

Sie wollten sich gerade zu ihrer nächsten Station begeben, da bemerkte Thorsten einen jungen Mann neben sich, der sich, wie damals in der Schule, meldete.

»Ja, bitte?«, nahm ihn Bachmann ebenso wie ein Lehrer seinen Schüler ran.

»Hat man eigentlich jemals versucht, die beiden Bahnlinien miteinander zu verbinden?«

»Eine sehr gute Frage, mein Herr. Gut, dass Sie

mich daran erinnern, das wollte ich auch noch erwähnt haben.«

Bevor er jedoch antwortete, nahm er zunächst seinen Schirm herunter und klappte ihn zusammen. »Ja, in der Tat, diese Überlegungen gab es. Es wäre sicher ein großer Vorteil gewesen, wenn man eine Verbindung beider Bahntrassen hätte realisieren können. Hier hat man letztlich sogar noch weniger erreicht, als beim Landgraf-Carl-Kanal: Dieser wurde wenigstens begonnen, bei der Verbindung der beiden Bahnhöfe blieb das Projekt bereits im Planungsstadium stecken. Es waren mehrere Gründe, die dagegen sprachen: die Notwendigkeit einer zweiten, aufgrund des Waren- und Personenverkehrs weiterhin schiffbaren Brücke, die Eigentumsverhältnisse der für die Trasse notwendigen Grundstücke und vor allem die Finanzierung. Also hat sich eigentlich nichts verändert, im Vergleich zu heute.«

Langsam bewegte die Gruppe sich in Richtung Diemel. Am Klee-Spielplatz blieben sie stehen.

»An einem Platz, an dem zu früheren Zeiten Lagerhallen, ein französisches Restaurant, das Hugenottenmuseum und die Post standen, befand sich außerdem die zweite Drehscheibe der Hafenbahn, die es ermöglicht hat, Güter am Kanal an der Weser zu löschen.«

Bachmann erläuterte den Drehvorgang, das tägliche Güteraufkommen in den Jahren bis zur Außerbetriebnahme der Hafenbahn im Jahr 1952 sowie die eine oder andere Anekdote, die von damals noch überliefert war.

Ihr Fremdenführer zeigte in Richtung Minigolfplatz und damit auf die Stelle, an der sich bis zirka 1970 eine dritte Drehscheibe befunden hatte. Wieder gab es eine rege Diskussion darüber, wie man es fertiggebracht hatte, die Lok samt Anhänger in ihrer Fahrtrichtung um neunzig Grad zu drehen. Bachmann erläuterte das Prinzip nochmals, bis er davon ausgehen konnte, dass es alle, die es wissen wollten, auch verstanden hatten.

Bachmann schaute in die Runde: »Gibt es hierzu noch Fragen?«

Doch ein Blick in ihre Gesichter förderte nur wenig Interesse an weiteren Fragen zu Tage.

Er lächelte. »Ich kann Sie beruhigen, an der nächsten Station wird es nicht so kompliziert.«

Bereits drei Minuten später hatten sie die nächste Station ihrer Tour erreicht – das Carlsbahn-Denkmal mit dem großen Radsatz. Bachmann sprach hier über die Entstehung des Denkmals aus dem Jahre 1975 und den Widerspruch in der Inschrift der Gedenktafel: »Sie spricht von einer Inbetriebnahme der Carlsbahn am 30. Mai 1848, alle anderen Quellen sprechen von einer Eröffnung am 30. März 1848.«

Wider Erwarten dauerte es an dieser Stelle doch etwas länger. Viele wollten das wirklich gelungene Denkmal fotografieren und sich zusätzlich noch entsprechend in Pose stellen, um sich gegenseitig zu knipsen. Thorsten war etwas genervt.

Nach acht weiteren Minuten Spaziergangs hatten sie bereits die vierte Station ihres Rundganges erreicht.

»Wir stehen hier vor dem Schulkomplex der Stadt Bad Karlshafen – der Sieburg-Grundschule und der Marie-Durand-Schule, einer Gesamtschule für die Jahrgänge fünf bis zehn. Hier stand von 1848 bis 1970 der *Bahnhof Karlshafen, linkes Ufer*. Hier endete die Personenbeförderung der Carlsbahn, die ja eine Stichbahn aus Richtung Hümme war. Der Güterverkehr wurde, wie bereits beschrieben, bis zum südlichen Weserufer fortgesetzt. Dieser Kopfbahnhof entstand 1848 nach einem Entwurf von Julius Eugen Ruhl. Ich werde Ihnen gleich noch ein paar Aufnahmen des Bahnhofsgebäudes zeigen.«

Sie schauten gebannt auf die bunte Schule, vermutlich fiel es ihnen genauso schwer wie Thorsten, sich vorzustellen, dass hier einmal ein großer Bahnhof gestanden hatte.

Bachmann fuhr fort: »Die erste einheimische Lokomotive hörte übrigens auf den Namen *Drache* und sie wurde von der Kasseler Maschinenbaufirma Henschel gebaut – 1848 nahm sie ihren Dienst auf.«

Ein zirka dreizehnjähriger Junge meldete sich zu Wort: »Ist dieser Triebwagen damals auch auf der Strecke nach Hümme gefahren?«

Bachmann lächelte, Thorsten dachte sich, dass diese Frage vermutlich jedes Mal gestellt wurde. »Nein, mein Junge. Das ist neben der Lokomotivachse sozusagen das zweite Denkmal hier in Karlshafen, das in Zusammenhang mit der Carlsbahn steht.«

Er ging zum Triebwagen und klopfte zweimal

freundschaftlich auf seine Außenhaut. »Was Sie hier sehen, ist eine sogenannte *Ferkeltaxe*.«

Bevor er weitersprechen konnte, wurde er von einem jungen Mädchen unterbrochen: »Was ist denn eine *Ferkeltaxe*?«

»Das war der umgangssprachliche Begriff für die Triebwagen, die früher in der ehemaligen DDR eingesetzt wurden, bevorzugt auf dem Lande. Offiziell trägt diese *Ferkeltaxe* die Fahrzeugnummer 971 665-5, gebaut wurde sie im Jahr 1964 vom Volkseigenen Betrieb Waggonbau in Bautzen. Insofern gebe ich dir recht, dass sie bei sofortigem Durchbruch des Eisernen Vorhangs auch auf dieser Strecke hätte fahren können. Doch fuhr sie bis 1995 für die Deutsche Reichsbahn, danach wurde sie an die Usedomer Bäderbahn (UBB) verkauft. Im Mai 2003 kam sie nach Bad Karlshafen und dient neben der Funktion als Denkmal inzwischen vor allem als Pausenraum und Cafeteria auf dem Schulhof der Marie-Durand-Schule.«

Während Thorsten mit den anderen Zuhörern diskutierte, sah er, wie Bachmann eine Mappe aus der Tasche zog. Er unterbrach die Gespräche: »Darf ich Ihnen einmal zeigen, wie der Bahnhof damals ausgesehen hat?«

Als er den interessiert schauenden Teilnehmern das Bild des schönen Gebäudes zeigte, ging ein »Ahh!« und »Ohh!« durch die Gruppe.

»War das aber ein schönes Bahnhofsgebäude«, sagte der ältere Herr mit Hut, »warum hat man das Gebäude denn abgerissen?«

»Man brauchte den Platz, um an dieser Stelle

eine Schule zu errichten. Interessant ist übrigens, dass für den Bahnhof damals der alte Friedhof, der sich auf dem Gelände hinter uns befand, verlegt werden musste.«

Bachmann holte ein zweites Bild hervor, es zeigte einen Plan, eine Art Grundriss. »So sah das Erdgeschoss des Bahnhofsgebäudes damals aus. Sehen sie hier den Billettschalter, die Gepäckaufbewahrung und die Warteräume.«

Bachmann hielt den Plan in die Menge, damit ihn jeder gut sehen konnte.

»Vielleicht sollte er den Plan einmal auf DIN A3 hochkopieren und auf eine Pappe kleben, dann geht es bestimmt leichter«, dachte Thorsten bei sich.

Er hörte Bachmann fortfahren: »Nach Stilllegung und Abbau der Eisenbahn-Strecke bis Trendelburg wurde der Bahnhof wie geschildert abgerissen – damit teilt er das Schicksal mit anderen von Ruhl entworfenen Stationsgebäuden. Er ist jedoch der einzige der vier Bahnhöfe und zwei Haltestellen der Carlsbahn, der heute nicht mehr existiert. Alle anderen stehen noch, sind aber anderweitig in Gebrauch.«

Nachdem sie alles über den alten Bahnhof nebst Friedhof besprochen hatten, ging es links an der Schule vorbei auf den großen Schulhof.

»Und das hier war der Güterbahnhof?« Eine ältere Dame stellte Bachmann diese Frage.

»Nein, nein. Hier hinten war nur noch das Gleis. Alle weiteren Gebäude – wie zum Beispiel die beiden Lokschuppen – befanden sich neben oder in der Nähe des Bahnhofsgebäudes.« Er machte eine kurze Pause. »Wir gehen jetzt noch zirka zehn Minuten, dann sind wir an der letzten Station unserer Tour angekommen. Danach gehen wir nur noch zurück in die Stadt und in die Fotoausstellung.«

Als sie eine Schranke passiert hatten, hielt Bachmann an. »Nun haben wir den Scheitelpunkt unserer Tour erreicht. Wir befinden uns dort, wo früher einmal das Gleisbett der Carlsbahn verlief.«

Er zeigte auf das Schild am Wegesrand: »Sonnenweg nach Helmarshausen – ehemalige Bahntrasse der Friedrich-Wilhelm-Nordbahn von Karlshafen nach Hümme 1848-1966«.

»Warum steht da *Friedrich-Wilhelm-Nordbahn*? Sie sprachen doch bisher immer von der *Carlsbahn*?«

»Gut aufgepasst, der Herr.«

Thorsten grinste etwas verlegen.

Bachmann erklärte weiter: »Meine Damen und Herren, vielleicht erinnern Sie sich noch an die Lokachse in der Carlstraße? Auf der Gedenktafel war auch schon von der Friedrich-Wilhelm-Nordbahn die Rede. Die Auflösung ist einfach: Die Friedrich-Wilhelm-Nordbahn als Ganzes bezeichnet die gesamte Strecke zwischen Karlshafen und Kassel. Die Carlsbahn hingegen ist eigentlich das Teilstück der Friedrich-Wilhelm-Nordbahn zwischen Karlshafen und Hümme. War es an der Tafel nicht ganz eindeutig, so ist dieses Schild definitiv falsch.«

Er wies mit seinem Finger auf den Radweg in Richtung Helmarshausen: »Wenn Sie diesen Weg weiterwandern oder mit dem Fahrrad entlangfahren, bleiben Sie fast die komplette Strecke bis Hümme auf der ehemaligen Carlsbahntrasse.«

Er klatschte einmal in die Hände: »So, nun haben Sie den anstrengenden Teil der Tour geschafft. Wir laufen jetzt zurück in den Ort. Wer will, der kann mich noch in die Fotoausstellung *Die Carlsbahn gestern und heute* begleiten. Der Eintritt ist im Preis für die Tour inbegriffen. Und wer noch Fragen hat, der kann auf dem Weg in die Stadt gerne an mich herantreten.«

Es waren nicht mehr viele, die gemeinsam mit Thorsten die Fotoausstellung besuchten. Doch die Familie aus Bremerhaven und die drei Pärchen schauten sich sehr interessiert die alten Fotos an. Größter Anziehungspunkt war, wie immer, die große Aufnahme vom alten Karlshäfer Bahnhof.

»Schade, dass der nicht mehr steht!« – Thorsten konnte ihm nicht widersprechen.

– E N D E –

Bad Karlshafen und Helmarshausen im Jahr 2020

Einführung 2020

2020 – vier Jahre sind seit dem Entscheid zur Hafenöffnung vergangen.

Bürgermeister Rolf-Ullrich Müller legt bei *Radio Märchenland* überzeugend dar, warum er fest davon ausgeht, dass das auf dem Gelände des ehemaligen Mineralfreibades geplante Freilichtkino ein Erfolg werden wird. Zusammen mit der *Bürgerinitiative Solekino* konnte er die Bürgerrinnen und Bürger von diesem einmaligen Projekt überzeugen und den anberaumten Bürgerentscheid mit großer Mehrheit für sich entscheiden. Am Abend der Premiere ist der Bürgermeister gespannt, ob sein Herzensprojekt ohne Probleme über die Bühne geht. Es wird ein paradiesischer Kinoabend – an jenem 25. August 2020.

Das Literaturfestival *Helmerateshusa* steht vor der Tür: Während sich der bekannte Kriminaldichter Doktor Gregor Falkenstein auf seinen Auftritt als Stargast von *Helmerateshusa* vorbereitet, dreht sich die Welt um ihn herum weiter. Doch das Leben schreibt immer noch die besten Geschichten, wie auch ein berühmter Autor zu seinem Leidwesen erfahren muss. Zur gleichen Zeit freut sich Carola – Großmutter und semiprofessionelle Kuchenbäckerin – auf den Literaturworkshop *Nordhessen schreibt!* im Helmarshäuser Jugendgästehaus. Für sie geht damit ein großer Traum in Erfüllung – endlich traut sie sich, ihre Geschichten vom glücklichen Schafhirten Lars am Waltersberg sowie dem talentierten Diemelfischer Robert zu Papier zu bringen.

Die Stadt zu jeder Tages- und Nachtzeit auf eigene Faust erkunden – mit einer QR-Code-geführten Stadtführung und Freifunk im gesamten historischen Kern überhaupt kein Problem. In immer mehr Orten mit touristischen Sehenswürdigkeiten sind an den entsprechenden Stätten Hinweisschilder mit einem solchen QR-Code bereits angebracht.

Tauchen Sie im Themenwochenende *Glaubenswelten an der Diemelmündung* ein in die verschiedenen Facetten religiöser Lebenswelten in den Orten Bad Karlshafen und Helmarshausen! Lernen Sie die über tausendjährige Geschichte der Klosterstadt Helmarshausen kennen und erfahren Sie, wie sich die Ansiedlung der hugenottischen Glaubensflüchtlinge in Karlshafen zu einer Erfolgsgeschichte für den Ort entwickelt hat!

Das Cinema Paradiso

1 Das Interview mit Bürgermeister Rolf-Ullrich Müller bei *Radio Märchenland*

»Heute bei uns zu Gast bei *Radio Märchenland* ist der Bürgermeister der Stadt Bad Karlshafen, Rolf-Ullrich Müller. Er wird uns berichten über die Pläne der Stadt, das Areal des ehemaligen Mineralfreibades zu einem Open-Air-Kino umzuwandeln. Guten Abend, Herr Müller. Es freut uns, dass Sie heute Abend den Weg zu uns gefunden haben.«

»Guten Abend, Herr Werner. Ich freue mich auch, heute bei Ihnen sein zu dürfen.«

»Gut, Herr Bürgermeister, gehen wir gleich ans Eingemachte.«

»Bitte.«

»Sie haben in den ersten Jahren Ihrer Amtszeit schon ziemlich viel Unruhe in die Stadt gebracht mit Ihren Projekten. Haben Sie nicht manchmal Angst vor sich selbst?«

»Die Hörer können mein Lächeln leider nicht sehen. Nein, Angst habe ich nicht. Vielmehr ist es doch so, dass man die Lage der Stadt nur durch beherztes Anpacken verbessern konnte und zukünftig kann. Ich will mich da nicht selber loben, denn nur gemeinsam mit den Bürgerinnen und Bürgern der Stadt Bad Karlshafen haben wir in den letzten drei Jahren das alles auf die Beine stellen können.«

»Haben Sie nicht von Ihrem Vorgänger eine ziemlich aussichtslose Situation übernommen?«

»Das möchte ich so nicht sagen – und das aus zweierlei Gründen: Erstens hatte die Stadt 2016 einen Schuldenberg von 42 Millionen Euro und in Sachen Schulden sind wir immer noch nicht aus dem Schneider. Zweitens ist es richtig, dass ich in der Stadt eine ziemlich gespaltene Bürgerschaft vorgefunden habe: sowohl zwischen Alteingesessenen und Neubürgern, Jung und Alt, aber auch zwischen Karlshäfern und Helmarshäusern. Aber nun stehen alle Ampeln auf Grün. Gemeinsam mit der Gemeindevertretung, der Bad Karlshafen GmbH, den Vereinen sowie weiteren Initiativen ist es uns gelungen, mit dem Bürgerverein eine Institution geschaffen zu haben, in der alle ihre Ideen einbringen können, vom Schlosserlehrling bis zum Bürgermeister.«

»Und das funktioniert?«

»Ja.«

»Sie kommen ja auch nicht aus dem Ort, Sie sind also quasi ein Neubürger?«

»Wenn Sie so wollen – ja.«

»Geht es noch etwas ausführlicher?«

»Warum drei der Parteien an mich als gemeinsamen Bürgermeisterkandidaten herangetreten sind, möchte ich an dieser Stelle nicht weiter ausführen. Da gibt es noch einige tiefe Wunden.«

»So einfach möchte ich Sie aber nicht aus der Frage entlassen. Sie kommen aus Fuldabrück?«

»Ja, das ist richtig. Ich habe mich als parteiloser Kandidat auf den Posten des Bürgermeisters beworben und die Bürgerinnen und Bürger hielten mich für den geeigneten Mann.«

»Tun sie das denn immer noch, die Bürger, meine ich?«

»Wir haben kein eigenes Wahlforschungsinstitut vor Ort, doch denke ich, dass wir auf dem richtigen Weg sind und dass mein Kurs von der überwiegenden Zahl der Karlshäfer und Helmarshäuser getragen wird. Allen kann man es natürlich nie recht machen.«

»Kommen wir also nun zu Ihrem nächsten großen Projekt, einem Open-Air-Kino. Erzählen Sie mal!«

»Zunächst das Formale: Hier im Ort hat sich die *Bürgerinitiative Solekino* gebildet, die eine Nutzung des ehemaligen Schwimmbadareals erreichen wollte. Diese Menschen haben viel diskutiert, sich Expertisen eingeholt und letztlich einen vernünftigen Vorschlag gemacht. Ihr großes Verdienst war dabei in meinen Augen, dass sie die zukünftige Nutzung des Schwimmbadgeländes mit einem bereits vorhandenen Vorschlag kombiniert haben. Im *Stadtmarketingkonzept* wurde unabhängig davon vor einigen Jahren vorgeschlagen, hier im Ort ein Freilichtkino zu errichten.«

»Aber wenn ich Sie vorhin im Vorgespräch richtig verstanden habe, sollte das Freilichtkino doch eigentlich am Hafen eingerichtet werden?«

»Ja, das ist richtig. Doch wir haben schon so viele Maßnahmen rund um das Hafenareal umgesetzt, da hielten wir es für wichtig, dass auch andere Bereiche des Ortes attraktiver gestaltet werden. Denken Sie hier nur an die unmittelbare Nähe zum Campingplatz.«

»Bevor wir dazu kommen, möchte ich noch einmal einen Schritt zurückgehen: Waren Sie nicht ursprünglich gegen die Idee eines Freilichtkinos auf dem ehemaligen Freibadgelände?«

»Ich wünschte, die Menschen könnten auch jetzt wieder mein Lächeln sehen. Aber ja, es ist richtig. Als erste Reaktion habe ich negativ reagiert. Doch bevor Sie mich nun einen *Umfaller* nennen – nach dem ersten Gespräch mit der *Bürgerinitiative Solekino* war ich von der Idee begeistert. Den Gemeindevertretern ging es ähnlich. Es war sogar so, dass sich viele darüber geärgert haben, dass sie nicht selbst auf diese tolle Idee gekommen sind.«

»Warum haben Sie, wenn Sie alle so von der Idee überzeugt waren, auch noch einmal die Bürgerinnen und Bürger an die Wahlurne gebeten?«

»Uns waren die Erfahrungen bei den Entscheidungsprozessen um die Hafenöffnung wirklich eine Lehre. Nachdem die Gemeindevertreter quasi einstimmig für das Freilichtkino gestimmt hatten, wollten wir uns zusätzlich auch im Vorhinein die Unterstützung der Bürgerschaft einholen. Ein Novum in dieser Stadt – das hat bisher noch keiner gemacht.«

»Damit haben Sie sicher vielen Kritikern den Wind aus den Segeln genommen?«

»Ich denke ja. Wir haben sie von Anfang an mitgenommen. Das Ergebnis war dann ja auch eindeutig, satte siebzig Prozent waren für die Maßnahme.«

»Gut, Sie haben siebzig Prozent Zustimmung der Bürger, aber wie sieht es mit den Anliegern des

Areals aus – den Bewohnern und vor allem dem Campingplatz?«

»Wir kommen nachher noch auf die innovative Technik, die wir hier einzusetzen gedenken, daher lassen Sie uns das Problem Lärm zunächst ausklammern. Natürlich, Sie haben recht: Es gibt Verkehr, Unruhe, Lärm und Abfall – alles Punkte, die es zu bedenken gilt. Auf der anderen Seite profitiert der Campingplatz von einer Attraktion direkt vor seiner Haustür, die Stadt ist um einen Anziehungspunkt reicher – und vor allem sprechen wir nur von den Wochenenden in einigen Monaten des Jahres. Da es sich ja um ein Freiluftkino handelt, sind wir stark wetterabhängig und können so gesehen nur die Zeit nutzen, in der früher auch das Mineralfreibad geöffnet hatte.«

»Ist das nicht ein bisschen viel Aufwand für ein paar Abende Filmspaß?«

»Das mag vielleicht so aussehen. Wir planen Sitzmöglichkeiten für zirka 200 Gäste. Aber ein Amphitheater dieser Größe ist natürlich nicht nur auf den Kinobetrieb festgelegt, beispielsweise könnte eine Theater-AG der Marie-Durand-Schule diesen Platz für ihre Proben nutzen. Weiterhin können dort Theaterstücke aufgeführt werden und Konzerte stattfinden. Vielleicht könnten sich auch an einem *Tag der Vereine* diese dort vorstellen und neue Mitglieder werben. Ich appelliere jetzt an alle Bürgerinnen und Bürger der Stadt, die Chancen dieses neuen Kulturstandortes für den Ort zu sehen, nicht nur die Risiken. Betrachten wir es doch einmal so: Das Gelände war früher – sag ich jetzt mal – das zweite Herz des Ortes. Die Menschen liebten es, hierher zu kommen, auf der Wiese zu liegen und vom Dreimeterturm zu springen. Nun gibt es die Therme – gut so! Doch hat man lange die Nutzung des Geländes vernachlässigt. Schauen Sie mal: Was soll denn ein deutscher oder niederländischer Tourist denken, wenn er beispielsweise vom Hugenottenturm oder dem Sängertempel auf das rechte Weserufer schaut? Ein vergammeltes Schwimmbad möchte er bestimmt nicht sehen.«

»Gut, bevor wir nun zur Finanzierung des Freilichtkinos kommen, ein Wort zur Lärmbelästigung der Nachbarn: Wie haben die Anwohner und der Besitzer des Campingplatzes die Initiative aufgenommen?«

»Die Leute von *Solekino* haben sich einigen Fachverstand erarbeitet, natürlich haben sie sich auch schlaugemacht über die technischen Möglichkeiten. Ein normales Kino hat eine zentrale Beschallung, je nach Kinoform frontal oder surround. Damit dort auch der Letzte hört, wie das eiskalte Wasser in die untergehende Titanic läuft, muss es vor allem eines geben: einen hohen Lautstärkepegel. Wir wollen nun versuchen, einen anderen Weg zu gehen: Natürlich könnte man jedem Zuschauer einen Kopfhörer geben, aber das ist nicht nur teuer und mit großem Aufwand verbunden, sondern auch unhygienisch. Daher haben wir eine Lösung im Auge, mit der dezentrale Lautsprecher den Zuschauerbereich gleichmäßig beschallen. Das hätte den Vorteil, dass wir die einzelnen Lautsprecher weniger laut einstellen müssten.«

»Aber ist das nicht ebenfalls viel zu teuer?«

»Natürlich ist eine Frontalbeschallung billiger, keine Frage. Doch gibt es bereits Beispiele innovativer Beschallungstechnik, die wir auch gerne nutzen möchten. Dazu wird es im *Zuschauerraum* verteilt Säulen mit Lautsprecherboxen geben. Das funktioniert dann ungefähr so wie das Surroundsystem zu Hause. Von der Qualität her sollte das eigentlich noch besser gehen als eine Frontalbeschallung.«

»Gut, sie verbauen eine innovative und teure Beschallungstechnik. Haben Sie da keine Angst vor Diebstählen, wie funktioniert das in kalten Wintern und letztlich, was machen Sie bei Hochwasser?«

»Das ist ja das Tolle an diesem neuen System: Es besteht aus acht bis zwölf Lautsprechersäulen, die man einfach entriegeln und wieder ausstecken kann – im Prinzip genau so wie eine Dockingstation beim Laptop. Die notwendigen Kabel sind im Boden fest verlegt und in Zeiten der Nichtnutzung vom System getrennt. Die Steuerung des Ganzen erfolgt übrigens durch die ehemalige Schwimmmeisterkabine. Hochwasser ist für das ganze Areal kein wesentliches Problem, da die beiden ehemaligen Schwimmbecken auf einer höheren Ebene liegen. Gibt es hier Hochwasser, so haben wir sicher einen Überschwemmungsgrad in der Stadt wie anno 1965. Ich war sehr erschrocken, als ich diese in der Stadt verteilten Marken das erste Mal bewusst wahrgenommen habe.«

»Und Diebstahl?«

»Ja, natürlich. Ich wollte das Problem nicht wegschwafeln. In den Wintermonaten wird das Equipment natürlich sicher eingelagert werden. Vielleicht ergeben sich ja sogar noch weitere Nutzungsmöglichkeiten bei anderen Anlässen.«

»Die da wären?«

»Konzerte oder Partys auf Plätzen oder in großen Hallen. Hier denke ich beispielsweise an den Hafenplatz oder auch die Schützenhalle in Helmarshausen.«

»Kommen wir aber doch noch einmal zur sicheren Aufbewahrung des Equipments in den Sommermonaten.«

»Wir werden einen einbruchsicheren Platz vor Ort vorhalten, ich werde hier natürlich nicht verraten, wo das sein könnte. Die Dinge müssen ja nicht unbedingt auf dem Betriebsgelände des Freilichtkinos verbleiben. Der große Vorteil ist, dass eine Person eine solche Säule ohne große Probleme transportieren kann. Daher sollte man sie auch schnell sicher verstauen können.«

»Kommen wir nun zu dem für unsere Hörer sicherlich interessantesten Punkt: Wie wollen Sie das ganze Kino finanzieren?«

»Einfache Antwort: So wie immer. *Immer* heißt hier, dass wir die Investitionssumme kalkuliert haben. Diese besteht aus den Blöcken *Abriss, Infrastruktur, Technik, Zuschauerraum* und *Bewirtung*. Die notwendigen Investitionen sind eine Mischung aus (bescheidenen) Mitteln der Stadt, Fördergeldern und einem Crowdfunding-Projekt. Dadurch konnten wir die notwendige Finanzierung sicherstellen.«

»Geht es noch etwas konkreter?«

»Ja, aber das ist hier nicht der richtige Anlass. Schließlich geht es um die Finanzen einer Kleinstadt. Die Hauptsache ist doch, dass die Bürger wissen, was auf sie zukommt, und dass ausreichend Geld vorhanden ist, der Stadt nach den *Hansa-Lichtspielen* nach mehr als vierzig Jahren wieder zu einem Kino zu verhelfen.«

»Welches aber nur im Sommer bespielt wird. Was sollen die Leute denn im Winter machen?«

»Lösen wir erst das eine Problem, dann können wir die anderen lösen. Also: eines nach dem anderen. Beispielsweise können sie in das *Café Größenwahn* gehen, einem der nächsten Nachbarn des Kinos.«

»Gute Überleitung, da wollte ich auch noch drauf eingehen. Gibt es nicht Probleme, wenn neben dem bekanntesten Café der Stadt ein Kino errichtet wird?«

»Noch einmal: Wir sprechen hier nur von den Sommermonaten und aller Voraussicht nach auch nur von den Wochenenden. Sicher werden sich die Leute vorher im *Größenwahn* treffen oder dort nachher noch ein Bier trinken gehen. Ich könnte mir sogar vorstellen, dass man zusammenarbeitet und eine Art Kombi-Veranstaltung anbietet. Zuerst bekommt man als Kino-Dinner die berühmte Gulaschsuppe des *Größenwahns* serviert, bevor man dann gemütlich rüber ins Kino geht.«

»Halten Sie so eine Zusammenarbeit für realistisch?«

»Ohne weiteren Gesprächen vorgreifen zu wollen: Ja, es gibt bereits derartige Überlegungen und auch schon erste Gedanken für so eine Kooperation.«

»Die sanitären Anlagen des *Größenwahns* zu nutzen, steht jedoch nicht zur Debatte, oder?«

»Nein. Sehen Sie mal, es handelt sich doch um ein altes Schwimmbad, das neben Umkleidekabinen natürlich auch über sanitäre Anlagen verfügt. Gut, natürlich brauchen wir keine Duschen, jedoch vielleicht Künstlergarderoben. Und ja, das stimmt, es muss natürlich alles von Grund auf restauriert werden.«

»So, die Sendezeit neigt sich langsam dem Ende zu. Meine letzte Frage richtet sich daher auf das Programm. Was für Filme möchten Sie zeigen?«

»Die Auswahl liegt natürlich nicht in meiner Hand. Doch wenn ich mir etwas wünschen dürfte für den ersten zu zeigenden Film, so wäre das der Film *Cinema Paradiso* aus dem Jahr 1988, geschrieben und gedreht von Giuseppe Tornatore. Meine Frau hat übrigens schon verlauten lassen, dass sie gerne *Grüne Tomaten* im Open-Air-Kino sehen würde. Aber warum nicht eine Komplettausstrahlung von *Ein Winter, der ein Sommer war* an sechs aufeinander folgenden Terminen? Der Film wurde schließlich zum Teil in der Stadt gedreht und die Leute erzählen noch heute davon. Oder Stummfilme mit Live-Musikbegleitung, beispielsweise am Klavier? Vielleicht sogar ein ganzes Stummfilmfestival? Die Möglichkeiten sind da unbeschränkt, man muss sich nur engagieren.«

»Ein Stummfilmfestival in Bad Karlshafen, so

ginge der Ort gleichzeitig mit einem Schritt in die Zukunft als auch in die Vergangenheit. Ein schönes Schlusswort. Herr Müller, ich danke Ihnen für das Gespräch und wünsche Ihnen bei der Verwirklichung dieses Projekts viel Erfolg.«
»Ich danke Ihnen.«

– ENDE –

2 Paradiesisches Kinovergnügen im ehemaligen Solebad

Noch schien die Sonne auf die Leinwand, das Standbild war kaum zu erkennen. Es zeigte das eigens von der *Bürgerinitiative Solekino* entwickelte neue Logo des Freiluftkinos am rechten Weserufer. Dort, wo früher die Badefreunde den Sprung vom Dreimeterturm gewagt hatten und die Handtücher auf den Bänken lagen, wurde nun das nasse gegen ein cineastisches Vergnügen eingetauscht.

Es war der Abend des 25. August 2020, Bad Karlshafen stand kurz vor der Premiere der *Weser-Lichtspiele*, dem neu errichteten Open-Air-Kino der Stadt. Bürgermeister Rolf-Ullrich Müller freute sich schon wie ein kleines Kind darauf, den ersten Film auf der großen Leinwand sehen zu dürfen – die Weser und die Silhouette der Stadt im Hintergrund. Als hätte der liebe Gott seine Freude am großen Kinovergnügen entwickelt, stimmte an diesem Tag einfach alles: Kaiserwetter, ausverkauftes Haus, gute Laune unter allen Anwesenden und die Vorfreude auf einen seiner Lieblingsfilme; als Bürgermeister durfte er sich den Premierenfilm aussuchen.

Nachdem er unmittelbar nach Dienstschluss um 18.00 Uhr direkt zum Ort des Geschehens gefahren war, um »einmal nach dem Rechten zu sehen« und zu kontrollieren, »ob alles flutscht«, saß Rolf-Ullrich nun allein auf dem obersten, der mächtigen Sandsteinblöcke, die die Tribüne des Kinos bildeten. In zwei Stunden würde es nun endlich losgehen und trotzdem er nicht mehr viel tun konnte, war er innerlich immer noch nicht richtig zur Ruhe gekommen – zu wichtig war ihm dieses Projekt. Er war ein Vollblutpolitiker und daher auch sichtlich stolz auf sein Werk.

Schon bald, nachdem die *Bürgerinitiative Solekino* das Projekt angestoßen hatte, hatte er alles unternommen, um es zu seiner eigenen Unternehmung zu machen. Und wenn man es ihm auch nicht ansah: Peter Becker von *Solekino* nahm ihm das schon sehr übel – das wusste er. Rolf-Ullrich hatte das schon sehr geschickt angestellt: Becker hatte alles vorbereitet und sogar die Finanzierung über Crowdfunding angestoßen. Die Stadt hatte, neben den Unterstützern im Ort, viele Freunde, die entweder einmal hier gewohnt hatten oder in den letzten Jahren zum Urlaub in die wieder aufstrebende Stadt kamen. Alle zusammen waren gerne bereit, einen kleinen oder auch größeren Beitrag zu investieren. Zudem war Becker auch sehr gut im Ort vernetzt, was beispielsweise die kostengünstige Beschaffung der riesigen Quader aus Wesersandstein sehr vereinfacht hatte. Auch bei der Verkabelung der Anlage konnte ein einheimisches Unternehmen als Sponsor gewonnen werden: Die Stadt als Betreiber des Kinos brauchte nur sich nur um den Abriss zu kümmern sowie die (sicherlich nicht unerheblichen) Materialkosten zu tragen; die Arbeiten wurden unentgeltlich von zwei Monteuren einer Firma und einigen ehrenamtlichen Helfern erledigt. Diese hatten beispielsweise an den

Wochenenden die nicht unwesentlichen Schachtarbeiten ausgeführt, um sämtliche Kabel frostgeschützt zu verlegen. Das machte die Sache für Rolf-Ullrich auch so einfach: Mit einer kompletten Finanzierung im Rücken sowie vielen Freiwilligen als Helfern konnte er sich nun im Erfolg sonnen.

Er fühlte eine Schweißperle über seine Stirn laufen. Natürlich war Rolf-Ullrich Müller für diesen wunderschönen Sommertag viel zu formell gekleidet. Obwohl er das Sakko bereits vor dem Aussteigen ausgezogen und auch die Krawatte gelockert hatte, schwitzte er dennoch wie bei der letzten Besteigung des Widdersteins. Im Kopf ging er noch einmal seine Rede durch und vor allem feilte er an den warmen Worten, die er für Becker und seine *Bürgerinitiative Solekino* sprechen wollte. In der Öffentlichkeit wirkten die beiden, der Bürgermeister und der joviale Chef der Bürgerinitiative, bei Uneingeweihten fast wie gute Freunde, doch hatte es hinter den Kulissen bereits den einen oder anderen heftigen Streit gegeben. Einmal war es so schlimm, dass Rolf-Ullrich zu Becker nach Hause gefahren war, um sich bei ihm für einige hitzig vorgebrachte Äußerungen zu entschuldigen.

Beide waren jedoch auf Gedeih und Verderb aufeinander angewiesen. Hatten Becker und seine Bürgerinitiative auch die wertvolle Vorarbeit geleistet, so wäre das Freilichtkino ohne den unermüdlichen Einsatz des Bürgermeisters sicherlich nicht zustande gekommen. Schließlich hatte er im Vorfeld des Bürgerentscheids zum Freiluftkino sein ganzes politisches Gewicht in die Waagschale geworfen, um diesen Traum Wirklichkeit werden zu lassen. Nach dem ersten Bürgerentscheid zur Hafenöffnung wurde diesmal extrem darauf geachtet, die Bürger bei diesem Vorhaben auch mitzunehmen, und nicht wieder ein Großprojekt in der immer noch klammen Stadt mit der Brechstange durchzusetzen. Es gab diesmal neben dem einstimmigen Votum des Magistrats und der Stadtverordneten auch eine siebzigprozentige Mehrheit in der Bevölkerung. Das Wissen der beiden Alphamännchen, dass sie einander dringend brauchten, machte beiden ihr Leben sicherlich nicht leichter. Zumal Becker als SPD-Mitglied mit dem Gedanken spielte, bei der Bürgermeisterwahl 2023 vielleicht selbst als Kandidat anzutreten. Heute, vor dem eigentlichen Hauptfilm, würden sie sie noch einmal spielen müssen, ihre kleine Schmierenkomödie.

Rolf-Ullrich Müller dachte an den Abend, als er *Cinema Paradiso*, den Erfolgsfilm von Giuseppe Tornatore aus dem Jahr 1988, das erste Mal im Kino in Kassel gesehen hatte. Er dachte nach: Das war doch sicher in der Kaskade gewesen, dem Kino, in dem vor der Vorstellung immer Wasserspiele gezeigt wurden. Es war das Jahr, in dem ihr Sohn Thomas geboren wurde. Heute arbeitete der mittlerweile zweiunddreißigjährige »Tom« als Tontechniker bei den Bavaria-Studios in der Nähe von München. Welch ein Zufall, dachte man an die Handlung von *Cinema Paradiso*, wo der kleine Toto erst bei Alfredo zum Filmvorführer ausgebildet wird, um anschließend selbst Regisseur zu werden. Auch Tom hatte als Jugendlicher alle Arten von akustischen Experimenten unternommen und die Gitarrensongs seiner Schwester am Computer verfremdet.

»Rolf-Ullrich Müller, denkst du schon über einen Platz für dein Denkmal nach oder über die Straße, die sie nach dir benennen sollen?«

Der Bürgermeister zuckte zusammen, war er doch immer in Gedanken. Er musste schnell reagieren, so eine Boshaftigkeit konnte er sich natürlich nicht gefallen lassen. »Herr Becker, seien Sie mir gegrüßt!« Müller siezte ihn immer, wenn er ihm dumm kam – umgedreht machte es Peter Becker übrigens genauso, was einige Menschen aus ihrer direkten Umgebung immer ziemlich verwirrte. »Wie geht es Sybille?« Rolf-Ullrich wusste, dass sich Sybille von Peter getrennt hatte. »Wird sie heute Abend auch kommen?«

Das bereits nicht freundliche Gesicht von Peter Becker verdüsterte sich weiter. »Arschloch«, flüsterte er ihm leise ins Ohr, die Umstehenden sollten ihren Streit nicht hören.

»Danke, gleichfalls«, antwortete Rolf-Ullrich, nun in normaler Lautstärke. »Was kann ich für dich tun?«

»Ich wollte nur unsere Ansprachen gleich abstimmen. Was wirst du sagen?«

Es fiel Rolf-Ullrich schwer, doch wollte er diesen konstruktiven Vorstoß seines Intimfeindes nicht torpedieren. Manchmal erinnerte ihn ihr Verhältnis an Don Camillo und Peppone. Er lächelte und sah Becker dabei tief in die Augen. »Das Übliche, unter anderem werde ich dich und die Deinen über den grünen Klee loben, auch wenn es mir schwerfällt.«

»Genau so, wie ich die positive Stadtentwicklung seit deinem Amtsantritt loben werde.« Leise setzte er hinzu: »Mir tun schon die Finger weh – vom dauernden Hinter-dem-Rücken-kreuzen.«

»Die Mühe mache ich mir schon lange nicht mehr.«

»Gut, wir sind also klar?«

»Ja, von mir aus sicher.«

*

20.45 Uhr
Peter hatte dem Bürgermeister gut zugehört, hatte aber kaum seinen Ohren getraut: Es waren seinem Erzfeind in der Tat nur lobende Worte über die Lippen gekommen. Nachdenklich trat er auf das improvisierte Rednerpult zu. Seine Gedanken wurden nur unterbrochen durch den kurzen Händedruck zwischen Müller und ihm. Irritiert wollte er sein Manuskript auf das kleine Pult legen, als ihm bewusst wurde, dass er es auf seinem Sitzplatz hatte liegen lassen. Peter junior, sein Sohn, bemerkte das Missgeschick. Schnell brachte er seinem Vater die Papiere. Peter beschloss jedoch, von seinem ursprünglichen Redemanuskript abzuweichen und die positive Stimmung, die die Rede von Bürgermeister Müller ausgestrahlt hatte, nicht durch unnötige sarkastische Spitzen gegen den »schwarzen Rolf« zu zerstören. Peter nannte ihn so, weil er damals von der bürgerlichen Mehrheit (mit Zustim-

mung der SPD) als Bürgermeisterkandidat vorgeschlagen worden war.

»Lieber Herr Bürgermeister, liebe Kinofreundinnen und Kinofreunde ...«

*

21.10 Uhr
Der Vorspann des Films zeigte gerade all die Preise, die *Cinema Paradiso* gewonnen hatte – unter anderem den Oscar als bester fremdsprachiger Film. Ein wohliges Gefühl durchflutete Rolf-Ullrich. Sonja, seine Frau, war ebenfalls in das ehemalige Freibad gekommen und saß nun neben ihm. Er dachte daran, wie viel Stress er zu Hause hatte, weil er sich in den letzten Monaten quasi unermüdlich um das Freilichtkino gekümmert und mit schlechtem Gewissen seine Frau vernachlässigt hatte. Sonja flüsterte ihm – als könnte sie Gedanken lesen – etwas ins Ohr. Er lachte, als sie ihren Satz beendet hatte. Nun würde er gleich nach der Vorstellung noch einmal mit Becker sprechen und bei ihm den Film *Grüne Tomaten* bestellen. Er drückte ihre Hand, dann wandten sie sich wieder dem Haus am Meer zu, mit seinem wehenden Vorhang vor dem Blumentopf auf der kalkweißen Brüstung und diesem tollen Kontrast zum hellblauen Meer – zwei Stunden Sizilien lagen vor ihnen.

– E N D E –

Das Literaturfestival *Helmerateshusa*

1 Ein zweifelhaftes Vergnügen

»Ich würde mich gerne auf meinen reservierten Platz setzen. Dazu müssten Sie aber Ihren Rucksack wegstellen.«

Hermann schaute von seinem Buch auf und sah einen circa dreißigjährigen Mann in Anzug und Hut, der mit wenig Geduld in den blauen Augen auf die ihm seiner Ansicht nach zustehende Antwort wartete.

»Bitte.« Leider war der Zug sehr voll und alle Gepäckablagen mit Koffern, Rucksäcken und Taschen belegt. Hermann überlegte, ob er seinen Rucksack einfach zwischen die Beine stellen sollte, kam dann aber wieder davon ab. Der Mann klopfte ungeduldig mit den Fingern auf die Lehne des Vordersitzes. »Ich bringe mal eben meinen Rucksack nach vorne, muss aber zuvor den Laptop herausnehmen.«

Er glaubte ein »Wenn´s sein muss« gehört zu haben, ganz sicher war er jedoch nicht. Er nahm den Computer und das Kabel heraus, dann drängte er sich an dem ihm im Weg stehenden Mann vorbei auf den Gang. Hermann wollte seinen Rucksack in der Gepäckablage in der Mitte des Abteils abstellen, irgendwie platzierte er ihn zwischen den beiden Riesenkoffern, die mit Paramaribo-Anhängern versehen waren. Das war doch in Suriname, dachte Hermann bei sich. Als er wieder an seinen Platz kam, sah er, wie der Mann damit beschäftigt war, das Kabel seines eigenen Laptops in die einzige Steckdose zu stecken.

Als er Hermanns überraschten Blick sah, sagte er mit einem fast zärtlichen Tätscheln des Computers: »Ich muss nämlich noch dringend meine Rede fertig schreiben. Ich bin ja schließlich der Ehrengast auf dem bedeutsamen Literaturfestival *Helmerateshusa*. Ich darf mich vorstellen, mein Name ist Doktor Gregor Falkenstein, Autor und Literaturwissenschaftler.«

»Angenehm, Hermann Kappe«, erdreistete er sich, die Koryphäe an seiner Seite zu unterbrechen. Mittlerweile konnte er gut flunkern, ohne gleich rot zu werden. Der Vorname stimmte zwar überein, doch hatte er selbst bei diesem narzisstischen Zeitgenossen Angst, dass er ihn erkennen würde. Da ihm nichts Besseres einfiel, nahm er einfach den Nachnamen von Kommissar *Hermann Kappe* aus der Berliner Krimibuchreihe *Es geschah in Berlin ...*, von der er inzwischen alle gut dreißig Bände gelesen hatte.

Der egozentrische Panzer zwischenmenschlicher Kommunikation walzte gnadenlos weiter in Richtung des eigenen Egos. »Ich habe ja bereits erwähnt, dass ich auf dem Weg nach Helmarshausen bin. Ja, das ist der richtige Name des kleinen, aber in der Literaturwelt überregional bekannten Veranstaltungsortes.« Hermann nannte ihn im Geiste schon längst *Doktor Frankenstein*, doch zu mehr gedanklichen Leistungen war er nicht fähig, sein Sitznachbar ließ ihm einfach keine Atempause.

»Ich gehe davon aus, *Helmerateshusa ist Ihnen* ein Begriff?«

»Nein«, entgegnete Hermann. Er kreuzte in diesem Moment im Geiste die Finger hinter seinem Rücken.

»Was, das gibt es doch nicht!« Die Empörung war dem selbst ernannten Literaturpapst anzusehen. »Ich werde Sie dann mal über die groben Züge dieses wichtigen Bücherfestivals unterrichten. Ich fasse es immer noch nicht, dass Sie *Helmerateshusa* nicht kennen.«

Hermann bemühte sich, interessiert zu gucken. Flüchten konnte er kaum: Sein Laptop war quasi stromlos, der Kopfhörer zum Musikhören lag zudem in der Deckelklappe des nun acht Meter entfernten Rucksacks. Dass er sein Buch nahm und weiterlas, würde *Doktor Frankenstein* sicher nicht davon abhalten, ihn weiter vollzutexten – der Mann hatte nun mal eine Mission zu erfüllen.

Wie ein Wasserfall rauschte, so quasselte er in einem fort: »Das Literatur- und Lesefestival *Helmerateshusa* besteht aus Lesungen an drei verschiedenen Standorten: Ich beispielsweise halte meine Lesung und das *Meet and greet* im legendären *Deutschen Haus* unten im Ort ab. Ich freue mich schon auf die stimmige Atmosphäre in dieser urigen Kneipe. Ich habe erst gestern erfahren, dass dort schon einmal Aufnahmen für einen Tatort gemacht wurden.« Er sprach quasi ohne Punkt und Komma: »Ich wurde übrigens persönlich vom Bürgermeister der Stadt angefragt, und das, obwohl zunächst nur Krimiautoren aus der Region vorgesehen waren. Ich gehe davon aus, dass man nach meiner Zusage einem von ihnen wieder abgesagt hat. Die Lesung im *Deutschen Haus* ist natürlich die zentrale Veranstaltung des Festivals.«

Klar, weil du dort liest, du armer Tropf, dachte sich Hermann.

»Nehmen Sie mir es nicht übel, aber nur ein paar Krimiautoren in einer Kneipe – das allein klingt nicht nach einem Mekka berühmter Schreiberlinge?« Hermann wollte seinen neuen Freund noch ein bisschen zu neuen Höchstleistungen motivieren.

»Da haben Sie ausnahmsweise einmal recht. Ich möchte aber auch die anderen Standorte nicht unerwähnt lassen.« Umständlich holte er einen Prospekt vor, der über und über von Kaffeeflecken bedeckt war: »Auf einer sogenannten Krukenburg sollen zwei Veranstaltungsblöcke stattfinden: Von 14.00 bis 16.00 Uhr ist Familienlesezeit, vor allem soll es dort um Kinderbücher gehen. Von 17.00 bis 19.00 Uhr werden an gleicher Stelle die historischen Romane behandelt. In der Kirche am Kloster wird es um *Flucht und Heimat* gehen – ein in meinen Augen aber längst ausgelutschtes Thema.«

Hermann sah den blauen Folder, der aus den Unterlagen herauslugte. Daher wusste er auch sofort, warum *Doktor Frankenstein* etwas so Dummes sagte.

»Ich bin außerdem der Ehrengast auf dem im Anschluss an die Vorträge beginnenden großen Fest der Bücher. Hatte ich bereits erwähnt, dass das Fest auf dem alten Klostergelände stattfinden wird? Ich gehe davon aus, dass ich dort vermutlich noch einmal spontan für das versammelte Publikum werde lesen dürfen. Auf der großen Bühne gibt es unter anderem weitere Lesungen und einen regionalen Poetry-Slam-Wettbewerb. Daneben findet den ganzen Abend auch noch ein großer Bücherflohmarkt statt, in Zusammenarbeit mit dem Hottentottenmuseum und örtlichen Buchhandlungen und Antiquariaten.«

Es sind die Hugenotten, du Idiot, dachte Hermann bei sich. Mittlerweile hatte er das Gefühl, dass sich in seinem Kopf jetzt im Moment die eine oder andere Gehirnzelle überlegte, augenblicklich Selbstmord zu begehen. »So ein Schwachsinn«, grummelte er dann auch leise vor sich hin.

»Ich habe Sie leider nicht verstanden, was war Ihre Frage?«

»Ach, nichts.«

Doktor Frankenstein fuhr ohne weitere Gedanken an seinen Sitznachbarn fort: »Ich habe lange überlegt, ob ich nach Helmarshausen fahren sollte. Ich konnte mich aber glücklicherweise freimachen, da ich am Montag zu einem wichtigen Gespräch mit Herrn Professor Doktor Doktor Kasimir van Beuren an die Universität in Göttingen eingeladen bin. Ich gehe davon aus, dass er mich und meine Arbeit beobachtet hat und mich nun für sein Team gewinnen will.«

Bis einem die Ohren bluten, dachte Hermann bei sich. Er beschloss, sich mit *Doktor Frankenstein* einen kleinen Spaß zu machen, vielleicht könnte er damit die dringend benötigte Zeit zum Schreiben seiner neuen Texte dann wenigstens moralisch als Recherchezeit verbuchen.

Bevor er auch nur die Chance hatte, irgendwie in den Dialog einzugreifen, hatte *Doktor Frankenstein* bereits wieder die Gesprächsführung an sich gerissen. Nun wurde Hermann jedoch vom Inhalt des Gesprächs überrascht: »Ich kann ja verstehen, dass Sie sich gerne mit mir unterhalten möchten. Doch muss ich unser interessantes Gespräch leider unterbrechen, da noch meine Rede für das Literaturfestival auf mich wartet.«

»Lassen Sie sich durch mich nicht stören«, antwortete Hermann. Denken tat er etwas anderes: Die Gehirnzellen werden nun vermutlich damit beginnen, Freudensprünge zu vollführen.

Leider war die himmlische Ruhe nur von kurzer Dauer: Der Mitreisende hatte kaum drei Minuten auf der Tastatur herumgehackt – so grobschlächtig konnte man den Fingeranschlag als Außenstehender mit gutem Gewissen bezeichnen –, da hörte er auch schon wieder auf. »Ich brauche erst einmal ein Käffchen.« Er klappte den Laptop zusammen und steckte ihn in seine Tasche.

Bevor Hermann jedoch das erste Mal tief durchatmen konnte – angesichts dieser kommunikativen Verschnaufpause –, wurde er bereits wieder angesprochen. »Ich trink jetzt einen Kaffee – und Sie?«

Er war wirklich überrascht, sollte er sich vielleicht doch in dem Mann getäuscht haben? »Gerne, aber bitte mit Milch und Zucker.«

Der Mann stand auf, jedoch ging er nicht in Richtung Zugcafé, sondern er schien ihm Platz machen zu wollen: »Ich lass Sie dann mal durch, Sie können mir ja bitte einen Kaffee mitbringen – und zwar schwarz wie die Nacht. Danke. Ich kann dann die Zeit nutzen und weiterarbeiten. Ich wollte mich auch nicht so gerne irgendwo anstellen müssen.«

Hermann hörte, wie seine Kinnlade auf dem Boden des Großraumwagens aufschlug. So etwas Dreistes hatte er noch nicht erlebt. Gute Miene zum bösen Spiel, dachte er bei sich und stand auf.

»Ich bitte Sie, passen Sie doch auf, dass Sie nicht auf den Computer treten!« Wortlos ging er an dem Mann vorbei in Richtung Bordcafé.

Endlich eine Verschnaufpause, dachte er bei sich. Doch wusste Hermann auch, dass er die Zeit nutzen musste, um einen Plan zu entwickeln. Solche Antagonisten konnte man sich selbst in der lebhaftesten Fantasie nur schwerlich ausdenken.

Er musste durch drei Großraumabteile laufen, bevor er das Bordcafé erreicht hatte. Vor sich sah er eine lange Schlange auffällig gekleideter junger Damen stehen. Hermann vermutete, dass das wieder einer von diesen zahlreichen Junggesellinnenabschieden und den Mädels gerade der Sekt ausgegangen war.

Hermann kam eine Idee – gemein, aber gut. Es war eine gute halbe Stunde vergangen, bevor er zurückkam. Natürlich lagen *Doktor Frankensteins* Sachen nun auch auf seinem Sitz. Doch anstatt aufzustehen oder ihm zumindest die Last abzunehmen, machte er ein vorwurfsvolles Gesicht und blaffte ihn an: »Ich warte nun schon ewig, bestimmt ist der Kaffee schon ganz kalt.«

Hermann reagierte nicht auf diese Frechheit, vielmehr wollte er schnellstmöglich wieder auf seinen Platz, »Sie gestatten?« *Doktor Frankenstein* schaute ihn nur fragend an und wollte sich gerade wieder auf den Computer konzentrieren, als Hermann doch das erste Mal etwas direkter wurde: »Ich möchte gerne auf meinen Platz.«

Die Antwort, die er zu hören bekam, war legendär: »Ich arbeite gerade, das ist derzeit ein bisschen schlecht.« Nun aber reichte ein Blick von Hermann, seinen Sitznachbarn von der Notwendigkeit zu überzeugen, den Platz aufzuräumen und Hermann durchzulassen.

Hatte er zunächst noch Skrupel gehabt, so war er nun der festen Überzeugung, mit den Mädchen die richtige Wahl getroffen zu haben, um seinen kleinen Racheplan in die Tat umzusetzen. Dass es mit dem Kaffee so lange gedauert hatte, war nicht nur dem Alkoholisierungsgrad und der Unentschlossenheit der Mädels geschuldet. Nein, er musste sich ja noch ein bisschen informieren und hatte sich daher auf seinem Smartphone den Wikipediaeintrag von Gregor Falkenstein durchgelesen und seine Amazonbewertungen gecheckt. Danach wusste er, was zu tun war. Es brauchte nur wenig Überredungskunst, um die Mädels für seinen gemeinen Plan zu gewinnen.

Während Hermann gemütlich seinen Kaffee trank, tat *Doktor Frankenstein* so, als würde er arbeiten. Einmal klingelte sein Telefon und es machte ihm auch nichts aus, in einem ausgewiesenen Ruheabteil ein lautstarkes Telefonat zu führen.

Dass er damit bei den anderen Mitreisenden keine Sympathiepunkte sammelte, konnte Hermann nur recht sein. Während der Doktor unüberhörbar telefonierte, warf Hermann einen Blick auf den Bildschirm seines Nachbarn. Dieser bemerkte trotz des anstrengend wirkenden Telefonats diesen infamen Angriff auf seine Privatsphäre und klappte daraufhin den Computer zu. Nun wusste Hermann, wie er seinen Plan zu beginnen hatte.

Nach weiteren drei Minuten lautstarken Telefonats war es endlich vorbei, Hermann konnte beginnen. »Ich konnte gerade feststellen, dass neben mir ein berühmter Schriftsteller seinen Platz eingenommen hat. Sie sind auch Krimiautor?«

»Ich möchte ja nicht so gerne mein Inkognito lüften, doch hat Ihre Neugier Ihnen Ihre Frage ja bereits beantwortet.« Eitel strich er sich eine Strähne aus dem Gesicht. »Und ja, ich bin der berühmte Kriminalschriftsteller Doktor Gregor Falkenstein.« Doch bevor er weitersprechen konnte, tippte ihm eine circa zwanzig Jahre junge Frau auf die Schulter. Falkenstein unterbrach das Gespräch mit Hermann und schaute auf den Störenfried: Sicher ging ihm gerade durch den Kopf, wer sich zum Teufel erdreistete, ihn, den berühmten Dichter, zu stören! Hermann sah, dass sein Blick zur Seite wanderte, in den zugegebenermaßen auffälligen Ausschnitt der blonden Frau, die nun vor ihm stand. »Sie sind doch Gregor Falkenstein, der berühmte Krimiautor?« Die junge Dame, mit der Hermann kurz zuvor noch in klarstem Hochdeutsch gesprochen hatte, verfiel nun in ein recht auffälliges Lispeln.

»Ich bin es, Sie haben Glück, schönes Fräulein.«

»Ich habe alle Ihre Bücher gelesen«, schmeichelte sie ihm. *Mord am Weichselufer* ist mein absolutes Lieblingsbuch.« Sprach´s und nutze die Gelegenheit eines vorbeigehenden Mannes, ihren bereits aus Hermanns Sicht mächtigen Vorbau noch einmal etwas näher an Doktor Frankenstein heranzurücken.

»Sie ... Sie ...«, er fing an zu stottern. »Sie meinen bestimmt *Mord am Weserufer*, mein Fräulein?«

»Ach, klar, natürlich. Ich Dummerchen! Darf ich so vermessen sein und Sie fragen, wo Sie jetzt hinfahren?«

»Ich bin auf dem Weg nach Helmarshausen – ich bin nämlich der Stargast auf dem angesehenen Literaturfestival *Helmerateshusa*. Ich lese dort aus meinem neuen Buch *Allerblut*.«

Die Frau tat einen tiefen Seufzer. »Das muss Schicksal sein, denn dann sehen wir uns ja dort bereits wieder: Ich bin auch auf dem Weg nach Helmarshausen. Meine Schwester wohnt dort und ich will dann morgen auch gleich mit ihr auf das Literaturfestival gehen.« Sie warf in einer herausfordernden Bewegung ihr Haar zurück. »Mensch, da wird meine Schwester vielleicht neidisch sein, dass ich Sie hier getroffen habe. Ich werde Sie dann im *Deutschen Haus* mal miteinander bekannt machen, darf ich, bitte?«

»Ja, gerne, mein Fräulein.«

Der berühmte Kriminalschriftsteller wollte gerade mit seinem Flirtversuch fortfahren, da bemerkte Hermann, dass sein Sitznachbar erneut abgelenkt wurde. Sogleich sah er den Grund für diese zweite Ablenkung: Eine andere, ebenfalls recht aufreizend gekleidete, junge Dame kam auf sie zu.

»Doktor Falkenstein, das ist jetzt aber nicht wahr, oder?«

Während Hermann sich ein Grinsen kaum mehr verkneifen konnte, wurde das Gesicht des guten *Doktor Frankenstein* rot wie ein Pavianhintern.

Hermann war gespannt, was die Mädels sich ausgedacht hatten.

Die, die den berühmten Schriftsteller zuerst angesprochen hatte, machte den Anfang und stellte sich vor: »Ich bin übrigens die Ursula Kern, meine Freunde nennen mich Uschi.«

»Und vermutlich wissen die Jungs auch alle, warum das so ist.« Groupie Nummer 2 hatte diesen nicht sehr charmanten Kommentar abgelassen.

Zickenkrieg, prima Idee!, dachte Hermann.

»Was willst du, Bitch, du bist doch nur froh, dass die Schwangerschaftstests immer so schön bebildert sind!« Es schien, als wollte Uschi das Feld nicht kampflos räumen.

Die Kampfhennen standen sich nun Auge in Auge gegenüber. Hermann sah das selige Grinsen auf *Doktor Frankensteins* Gesicht – es war ganz eindeutig, dass ihm die Situation gefiel: Zwei Frauen schienen sich um ihn, den berühmten Kriminaldichter, zu streiten.

»Aber meine Damen, Sie werden sich doch nicht streiten?«

Uschi schien seinem Einwand zu folgen: »Das ist mir hier zu blöd. Ich sehe Sie ja morgen in Helmarshausen auf dem Literaturfestival, da können wir uns gerne einmal ungestört unterhalten. Wie wäre es um 18.00 Uhr am Haus der ehemaligen Synagoge?« Uschi schaute ihn dabei mit großen Augen an.

»Ich komme gerne, mein Fräulein.«

Hermann nahm belustigt zur Kenntnis, dass *Doktor Frankenstein* ihr hinterherstierte, als sie sich von seinem Platz entfernte.

»Beten wird dir auch nichts helfen, Schätzchen.« Derart von Groupie Nummer 2 entlassen, drehte *Uschi* ihr nur den ausgestreckten Mittelfinger entgegen. Unbeeindruckt von dieser Geste schrieb seine zweite Verehrerin derweil etwas auf einen Notizzettel. Als sie fertig war, reichte sie ihn *Doktor Frankenstein*. »Ich bin die Angelika und ebenfalls auf dem Weg nach Monz, fragen Sie einfach im *Deutschen Haus* nach mir, der Wirt ist mein Cousin. Auf dem Zettel finden Sie meine Handynummer.« Mit einem Zwinkern verließ auch sie ihn.

»Da-da-danke.« Hermann sah, dass *Doktor Frankensteins* Blick nun starr auf die abgehende Angelika gerichtet war.

Triumphierend sah der Autor Hermann an. Dieser wusste, dass die folgende Szene unvermeidlich war: »Sehen Sie, so macht man das: Zwei junge Küken schon morgen Abend in den Armen des berühmten Dichters.«

*

Im *Deutschen Haus* in Helmarshausen, vierundzwanzig Stunden später ...

Gregor betrat die in einem hübschen Fachwerkhaus befindliche Gastwirtschaft, in der er am Abend seine Lesung halten sollte. Er schaute in die Gaststube, doch stand nur einsam ein Herr an der Theke. Es war noch früh ...

»Ich suche den Wirt dieser Gaststube oder Herrn Winter, den Organisator des Literaturfestivals? Haben Sie sie vielleicht gesehen?«

»Die werden noch oben auf der Krukenburg sein.« Eine Frau erschien an einer Tür, die vermutlich in die Küche führte.

»Ich habe noch ein paar Dinge mit den Herren zu besprechen, wann erwarten Sie sie zurück?« Noch bevor sie antworten konnte, fuhr er fort: »Ich bin außerdem auf der Suche nach einem Fräulein Angelika?«

Die adrette Blondine mit der auffälligen Shrek- und-Fiona-Schürze blinzelte kurz, Gregor war etwas verunsichert. »Woher kennen Sie meine Cousine Angie?«

Gregor lief beim Geruch der frisch gebratenen Frikadellen das Wasser im Mund zusammen. »Ich durfte Sie gestern zufällig auf der Fahrt hierher im Zug kennenlernen. Eine nette junge Dame.« Er versuchte, ihr zu schmeicheln.

»Dann sind Sie sicher Doktor Gregor Falkenstein? Angie hat heute Morgen beim Frühstück von nichts anderem geredet. Sie freut sich schon sehr darauf, Sie heute Abend wieder zu treffen.«

Ein warmes Kribbeln durchflutete Gregors Körper und konzentrierte sich auf die Körpermitte: Das mochte ja ein toller Abend werden.

*

Auf dem Bücherfest am alten Kloster, so gegen halb acht:
Gregor war sauer. Zunächst hatte ihn Uschi um 18.00 Uhr versetzt. Er hatte extra noch die Lesung mit diesem literarischen Dilettanten aus dem Nachbarort getauscht, damit er zur verabredeten Zeit am Treffpunkt an der alten Synagoge sein konnte – doch *Uschi* war nicht da gewesen. Frustriert war er in das *Deutsche Haus* zurückgekehrt, in dem sich rund fünfzig Besucher versammelt hatten, um den Krimiautoren zu lauschen. Gregor hatte extra fünfundzwanzig Exemplare von *Allerblut* mitgeschleppt und auch noch ein paar von *Mord am Weserstrand*, doch hatte sich der Verkauf nicht gelohnt. Nur zwei Exemplare war er losgeworden! Der Versuch, *Angelika* auf dem Handy zu erreichen, war ebenfalls fehlgeschlagen: Hatte er beim ersten Mal noch gedacht, er hätte sich verwählt, war eine gewisse Frau Schulte am Ende der Leitung beim zweiten Mal doch schon etwas verstimmt, ihn wieder an der Strippe zu haben. Als ihm dann noch so ein junger Schnösel die letzte Frikadelle vor der Nase weggeschnappt hatte, hätte er fast die Flucht ergriffen. Er dachte an seinen persönlichen Trainer und seine Ratschläge für Situationen dieser Art: »Durchatmen, nur immer ruhig durchatmen!« Gelangweilt ging er schließlich

zum ehemaligen Klostergelände hinüber, dort wo bereits das Bücherfest begonnen hatte.

So weit, so gut. Seine Hoffnung, als Stargast noch einmal auf die Bühne zu kommen, hatte sich nicht erfüllt. Er würde sich nun notgedrungen noch eine Stunde hier herumdrücken und das eine oder andere Glas Wein trinken. Dann würde er sich ein Taxi rufen und sich in das Hotel nach Karlshafen bringen lassen. Gregor blickte auf und sah Achim Winter, Organisator und Moderator des Abendprogramms, die kleine Bühne betreten.

»Vielen Dank für diesen musikalischen Beitrag. Sie finden übrigens den kleinen Stand der Musikschule dort hinten rechts, gleich hinter der Bierbude. Gehen Sie ruhig mal vorbei und lassen Sie sich über die tollen Angebote informieren.«

Gregor sah, dass Winter das Manuskript zur Seite legte und das Mikro in die andere Hand nahm. »Den folgenden Gast brauche ich Ihnen nicht mehr anzukündigen: Hermann Dubinski ist eine der schärfsten Zungen des Landes und der aufstrebende Stern des deutschen Comedyhimmels.«

Er streckte den Arm aus in die Richtung, aus der er Dubinski erwartete. Bereits bevor Gregor ihn sehen konnte, erkannte er den Mann an seiner Stimme. Er musste sich festhalten, sonst wäre er an Ort und Stelle zusammengesunken. Von einer Sekunde auf die andere fühlte er sich elendig: Die Knie wurden zu Wackelpudding, das Herz begann zu rasen. Dann sah er ihn, den großgewachsenen Mann, ungefähr Mitte dreißig, mit braunen Haaren und Schirmmütze.

*

Zur gleichen Zeit, auf der Bühne des Bücherfestes:
»Eigentlich wollte ich heute mein gewohntes Programm herunterspulen und mich über die üblichen Verdächtigen aus Fernsehen und Internet lustig machen. Dann aber ist mir gestern etwas passiert, das werden Sie mir nicht glauben!«

Hermann schaute in die rund hundert Gesichter, die ihre Augen erwartungsvoll auf ihn richteten.

»Das Leben schreibt ja immer noch die besten Geschichten. Ich saß im Zug und war auf dem Weg von Hamburg nach Göttingen, um heute bei Ihnen hier in Helmerateshusa sein zu können. Da setzt sich doch ein Mann neben mich ...«

Hermann schaute auf und erblickte den leichenblassen Gregor Falkenstein unter den Zuhörern und zwinkerte ihm kurz zu. Der blieb ruhig stehen, schaute aber starr in seine Richtung. Respekt, dachte Hermann, das hätte ich ihm gar nicht zugetraut. Als er allerdings begann, die Ereignisse um Uschi und Angie zu schildern, hörte er das Klirren eines Glases, das vermutlich auf dem Asphalt zerschellte. Er schaute in die Richtung, wo der Mann noch wenige Momente zuvor gestanden hatte. Ein Grinsen ging über sein Gesicht: Er hatte *Doktor Frankenstein* endgültig vertrieben.

– ENDE –

2 Literaturworkshop: Nordhessen schreibt!

»Super!« Als die zweiundfünfzigjährige Carola beim gemeinsamen Frühstück mit ihrer Familie eines Morgens im Mai die HNA aufschlug, las sie im Lokalteil die Anzeige »Nordhessen schreibt! – Regionaler Literaturworkshop für Anfänger und Könner«. Noch lange, nachdem ihre Tochter Nicole und die beiden Enkelkinder Kai und Jens bereits aufgestanden waren, hatte sie mit ihrem Mann Henning darüber gesprochen, dass sie gerne an diesem Seminar teilnehmen würde. Was hatte sie auch für ein Glück, dass das erstmalig stattfindende Literaturfestival *Helmerateshusa* eingebettet werden sollte in einen Workshop für Kreatives Schreiben – und das alles noch dazu quasi direkt vor ihrer Haustür. Sie geriet derart ins Schwelgen, dass ihr Mann bereits mit den Augen zu rollen begann. Etwaige Widersprüche ließ sie jedoch nicht gelten. Auch wenn Henning beispielsweise deutlich darauf hingewiesen hatte, dass er dann an diesem Wochenende Einkaufen und Kochen müsste. Doch Carola hatte kein Mitleid, vor allem bei solch schwachen Argumenten. Schließlich saß sie auch oft genug mit den Kindern alleine zu Hause, wenn er unbedingt zu einem Heimspiel der Eintracht fahren musste oder einen Angelausflug mit seinen Freunden unternahm.

Nein, nichts, aber auch gar nichts, würde sie davon abbringen, an diesem Wochenende mit dem Fahrrad den kurzen Weg vom Mittelberg zur ehemaligen Knappschaft hinaufzuradeln, um an diesem Workshop teilzunehmen. Sie hatte bereits in ihrer Jugend viel geschrieben – Gedichte und kleinere Geschichten. Das Wenige, das davon geblieben war, war der sehnsüchtige Blick auf die regelmäßigen Anzeigen »Schreiben Sie?« in ihrer Fernsehzeitschrift. Sie hatte sich jedoch nie aufraffen können, einen Coupon auszufüllen und wegzuschicken. Jetzt aber hatte sie die Gelegenheit auf ein Seminar direkt vor der Haustür – das war einfach zu verlockend.

Carola wusste bereits seit Längerem, dass in Helmarshausen ein Literaturfestival stattfinden sollte – ihr Sohn arbeitete an der Marie-Durand-Schule und war als Deutschlehrer in die Organisation mit eingebunden. Sie war damals noch sehr skeptisch gewesen: Ein Literaturfestival, hier in Monz? Wen würde das schon interessieren?

Nach und nach erfuhr sie mehr über die Veranstaltung und deren Programmpunkte. Nach einiger Bedenkzeit bot Carola jedoch an, über den Bürgerverein an der Organisation mitzuwirken, und schloss sich der *Projektgruppe Helmerateshusa* an – sicher ein Gewinn für alle Beteiligten. Carola konnte endlich etwas Sinnvolles für den Ort tun und ihre Mitstreiter in finanziellen Fragen von ihrer Ausbildung als Bankkauffrau profitieren. Außerdem eilte ihr in Familie und Nachbarschaft der Ruf einer semiprofessionellen Kuchenbäckerin voraus. Als sie ihren Mitstreitern jedoch mitteilte, dass sie zwar bei der Vorbereitung des Festivals mitwirken könne, während der Veranstaltung selbst aufgrund des Seminars aber nicht verfügbar sei, löste das nicht gerade Begeisterung aus.

»Wer soll denn dann die Kasse machen, da brauchen wir zuverlässige Leute!« oder »Deine Donauwellen werden uns aber fehlen!«. So oder so ähnlich lauteten die Reaktionen. Carola ließ sich jedoch nicht erweichen – zu groß war ihr Traum vom eigenen Kinderbuch.

Das Programm des Schreibseminars war für Carola wie maßgeschneidert: Am Freitagabend gab es nach dem gemeinsamen Abendessen eine Kennenlernrunde und eine Einführung in das Thema. Anschließend hatten diejenigen, die gerne etwas vorlesen wollten, die Möglichkeit, den anderen in gemütlicher Runde bei einem Glas Wein aus ihren Manuskripten und Büchern vorzutragen. Auch Carola hatte bereits wieder angefangen zu schreiben – heimlich; keiner aus ihrer Familie wusste etwas davon. Eigentlich war die erste Geschichte bereits halb fertig. Sie würde aber sicher nichts daraus vorlesen – da war sie sich fast sicher. Sie kannte niemanden aus der Gruppe – was also, wenn die Geschichte nicht gut war und die anderen anfangen würden zu lachen?

Am Samstagmorgen standen die ersten Schreibübungen auf der Agenda. Der Rest des Samstags würde ganz im Zeichen von *Helmerateshusa*, dem Literatur- und Lesefestival unten im Ort, stehen. An drei Standorten sollten Lesungen abgehalten werden: *Spannung im Deutschen Haus* – drei Krimiautoren aus der Region und ein sogenannter Stargast hatten zugesagt, aus ihren Werken zu lesen, *Familie* sowie *Geschichten aus der Geschichte* – so die Namen der beiden Veranstaltungsblöcke auf der Krukenburg. Zunächst war von 14.00 bis 16.00 *Familienlesezeit*, vor allem sollte es um Kinderbücher gehen. Von 17.00 bis 19.00 Uhr würden an gleicher Stelle die historischen Themen behandelt werden. In der Kirche am Kloster würde es um *Flucht und Heimat* gehen, ein leider immer noch aktuelles Thema, wie Carola nur zu gut wusste. Sie hatte schließlich mehrere Jahre mit den Flüchtlingen aus Syrien und dem Irak gearbeitet. Ab 19.00 Uhr würde auf dem alten Klostergelände das große Fest der Bücher beginnen, auf dem auf der kleinen Bühne auch noch weitere Lesungen und ein regionaler Poetry-Slam-Wettbewerb stattfinden sollten. Zudem wurde ein bekannter Comedian erwartet, den Carola bereits aus dem Fernsehen kannte. Parallel zu den Auftritten sollte es den ganzen Abend einen großen Bücherflohmarkt auf dem ehemaligen Klostergelände geben – in Zusammenarbeit mit dem Hugenottenmuseum und örtlichen Buchhandlungen und Antiquariaten. Der Abend war für Carola sozusagen auch der Höhepunkt des Wochenendes: Bei einem kleinen Abendessen im *Deutschen Haus* nach Abschluss der Lesungen dort würden sie einen der regionalen Krimiautoren kennenlernen, der den Seminarteilnehmern exklusiv für Fragen und Diskussionen zur Verfügung stehen würde. Carola freute sich schon, hier einmal hautnah einem richtigen Schriftsteller begegnen zu dürfen. Die anderthalb Stunden würden sicherlich wie im Fluge vergehen.

Am Sonntagmorgen würde der Workshop weitergehen – wieder stünden theoretische Fingerzeige und praktische Schreibübungen auf dem Programm. Nach dem Mittagessen würde sich die Gruppe im nahegelegenen Reinhardswald auf Spurensuche nach der Sieburg machen, Hessens größter Wallanlage. Die Teilnehmer sollten bei dieser kleinen Wanderung die Gelegenheit haben, sich noch besser kennenzulernen und sich fachlich auszutauschen. Übrigens legte die Seminarleitung offensichtlich großen Wert darauf, dass die Seminarteilnehmer ausschließlich aus der Region kamen und keine weiten Anfahrtswege hätten.

War man nämlich von der Wanderung zurück, gab es bei Kaffee und Kuchen den letzten Veranstaltungsblock, der die Gründung einer regionalen Schreibgruppe zum Ziel hatte. Der *Bundesverband junger Autoren (BvjA)* würde zwei Vertreter schicken, die die Teilnehmer bei der Gründung einer solchen Gruppe unterstützen sollten. »Gemeinsam«, so ihr Tenor in den Veranstaltungsunterlagen, sei es viel leichter, seine eigenen Texte zu verbessern – jeder konnte vom anderen lernen. Das Seminarende war gegen 17.00 Uhr vorgesehen.

*

Freitagnachmittag, nach Kaffee und Donauwelle ...
Heute war es endlich so weit: Die Nachbarin war ganz neidisch, leider hatte sie sich nicht rechtzeitig angemeldet und daher keinen Platz mehr bekom-

men. Die Anzahl der Teilnehmer war auf fünfzehn beschränkt. Es wurden nur Teilnehmer der Landkreise Kassel, Höxter, Holzminden und Northeim zugelassen – wegen der geplanten regionalen Gruppenbildung. Jeder hatte die Möglichkeit bekommen, bereits im Vorfeld einen Text oder gar ein Manuskript einzureichen. Die Wanderung am Sonntagnachmittag sollte dann auch dazu genutzt werden, in Einzelgesprächen über die jeweiligen Texte zu sprechen. Mit denen, die noch kein Manuskript hatten, sollte über ihr während des Seminars verfasstes Exposé für das erste Buch gesprochen werden. Carola hielt die blaue Mappe fest in der Hand – nun würde sie ihren kleinen Schatz wohl bald präsentieren dürfen. Denn Carola hatte ja bereits eine quasi halbfertige Geschichte in ihrer Schublade liegen – und keiner hatte je etwas bemerkt. Die wenigen Nachfragen aus ihrer Familie hatte sie mit »Ich schreibe in mein Tagebuch!« oder »Ich arbeite gerade an einem Gedicht über unsere schöne Krukenburg!« beantwortet. Keiner hatte sich danach je wieder für ihre Schreibleidenschaft interessiert.

Carola überlegte: Nach einer langen Schreibpause, in der sie mit ihren drei Kindern wahrhaft genug zu tun gehabt hatte, ging es für sie wieder los, als die beiden Kinder ihrer Tochter Nicole fünf beziehungsweise vier Jahre alt waren. Von heute auf morgen hatte sie aufgehört, ihnen weiter die in ihren Augen langweiligen Geschichten aus den Büchern oder vom Tablet vorzulesen. Als sie an einem schönen Sonntagnachmittag wieder einmal mit ihren Enkeln Kai und Jens auf der Krukenburg war, hatte sie angefangen, ihnen von Lars zu erzählen, dem glücklichen Schafhirten vom Waltersberg. Schon bald bekam Lars Gesellschaft – von Elisabeth und Hans: Elisabeth, die immer an der Diemel ihre Wäsche wusch, während Hans, ihr Mann, den ganzen Tag im Reinhardswald Holz sammelte, um es abends an die Nachbarn in der Steinstraße zu verkaufen.

Mittlerweile hatte Carola bestimmt sieben Geschichten im Kopf, aufgeschrieben hatte sie bisher nur die eine. Der Workshop sollte für Carola die Möglichkeit sein, die bisher nur in ihrem Kopf befindlichen Geschichten auf Papier zu bringen und sie für ihre Familie zu erhalten. Es war doch viel schöner, die eigenen Geschichten zu vererben als Geld und Möbel. Aber ihre Lieblingsgeschichte war die vom kleinen Robert.

*

Freitagabend, beim zweiten Glas Rotwein ...
»Das ist die Geschichte von Robert, dem Sohn des Schneidermeisters Löhnhardt. Er war das Älteste von sechs Kindern und er musste sich nicht nur bereits früh um seine Geschwister kümmern, sondern auch schon in jungen Jahren dem Vater im Geschäft zur Hand zu gehen. Robert hatte jedoch gar kein Interesse an der Schneiderei, viel lieber stand er mit seiner selbst gebastelten Angel beim Todt im flachen Wasser der Diemel und fischte. Er hatte großes Geschick beim Angeln und bescherte damit

der Familie an vielen Abenden eine schmackhafte Fischmahlzeit. Wann es nur ging, stand Robert mit nackten Füßen in der kalten Diemel. Da seine Mutter auch den ganzen Tag dem Vater zur Hand gehen musste, um die Großfamilie über Wasser zu halten, mussten die Kinder ohne Roberts Aufsicht alleine zu Hause bleiben – was sie natürlich nicht immer taten. Sie nutzen seine Abwesenheit, um im Dorf so manchen Schabernack zu treiben. Vor allem der zehnjährige Peter suchte mit seinen Geschwistern Karl und Maria oft das Weite. Kam das heraus oder wurden die drei sogar bei irgendwelchen Streichen erwischt, wurde auch Robert hart bestraft – schließlich war er für die Geschwister verantwortlich. Da half es auch nichts, wenn Robert an jenen Tagen so viel Fisch gefangen hatte, dass die ganze Familie sich richtig sattessen konnte.

Thorben Werner war Weserfischer und kam aus Gottstreu. Zu Roberts großem Glück kam er eines Tages auf einer Wanderung durch Helmarshausen. Er sah den Jungen knietief in der kalten Diemel stehen– vor allem sah er aber den Korb, in dem sich bereits fünf große Fische befanden. Thorben stellte sich vor und begann sogleich, mit ihm über das Fischen zu fachsimpeln. Robert fasste Vertrauen zu dem kleinen, aber sehr drahtigen Mann mit seiner langen Mähne und dem rötlichen Vollbart, sodass er ihn fragte, ob er nicht bei ihm in die Lehre gehen dürfte. Das Schneidern im dunklen Kämmerlein, so Robert, habe ihm noch nie Spaß gemacht. Er brauchte den Fluss und die frische Luft.

Thorben Werner versprach, beim nächsten Besuch in Helmarshausen einmal mit Roberts Eltern zu sprechen.

Wie die Geschichte letztlich ausgehen soll, das weiß ich aber noch nicht: Soll Robert dem Elternhaus den Rücken kehren und seine Familie im Stich lassen? Oder soll er als braver Sohn endlich bei seinem Vater in die Lehre gehen? Wir werden sehen.«

Einen Moment war Totenstille, dann gab es einen lauten Applaus für Carolas Geschichte. Sie hatte sich, nachdem so viele ihrer neuen Schreiberfreundinnen und -freunde ihr Geschichten vorgelesen hatten, dazu überreden lassen – wenn schon nicht vorzulesen, dann wenigstens die Story zu erzählen. Das fiel ihr im Gegensatz zum Vorlesen auch recht leicht, da sie sich ihre Aufzeichnungen zuvor noch einmal gut durchgelesen hatte – und das zahlte sich nun aus.

»Das wird ja noch eine richtig spannende Kindergeschichte werden – ich freue mich schon darauf, morgen mit dir am Exposé für die Geschichte zu arbeiten.«

Carola wurde der Kopf ganz heiß, diese Ansprache des Seminarleiters Thomas König sowie die aufmunternden Blicke der anderen Teilnehmer hatten sie ganz verlegen gemacht. Ein »Danke« sowie ein verlegenes Grinsen waren das Äußerste, was sie in diesem Moment zeigen konnte.

*

Sonntagnachmittag, viertel vor fünf ...

»So.« Thomas König nahm den Ball vom Tisch und warf ihn in Richtung Carola. »Wie hat dir das Seminar gefallen?«

»Es hat mir alles sehr gut gefallen, vor allem, dass wir die theoretischen Dinge wie Exposé und Selfpublishing mit der Praxis des Literaturfestivals verbinden konnten. Sehr gut gefallen und motiviert hat mich das Abendessen mit dem Autor Manfred Casper. Ich habe nun richtig Lust, den Tatort heute Abend sausen zu lassen und mich gleich wieder an meine Geschichte zu setzen. Vor allem freue ich mich darauf, euch fast alle in vier Wochen wiederzusehen, wenn wir uns in Beverungen das erste Mal in unserer Autorengruppe treffen.«

»Dank dir, Carola.«

– E N D E –

Projektvorschlag: Real-virtuelle Stadtführung

Sehr geehrter Herr Bürgermeister, lieber Herr Müller,

Ihre Bemühungen, die touristische Infrastruktur in Bad Karlshafen zu verbessern, sehen wir mit großem Wohlwollen. Uns ist bewusst, dass angesichts der schlechten wirtschaftlichen Ausstattung der Stadt viele der innovativen Ideen, den Fremdenverkehr zu beleben, nicht oder noch nicht durchzuführen sind.

Darum möchten wir Ihnen heute eine Art von Stadtführung vorschlagen, die mit sehr bescheidenen finanziellen und organisatorischen Mitteln realisiert werden könnte. Sie wird in anderen touristischen Orten bereits erfolgreich durchgeführt.

In einer steigenden Anzahl von Orten mit touristischen Sehenswürdigkeiten sind an den entsprechenden Stätten Hinweisschilder mit einem sogenannten QR-Code angebracht. Auf diese Weise ist es möglich, via Smartphone oder Tablet die auf einer Internetseite gespeicherten Informationen über die angezeigten Objekte abzurufen.

Wir möchten Ihnen nun gerne einen ausgearbeiteten Vorschlag erläutern, der es erlaubt, ein solches System für Bad Karlshafen (und Helmarshausen) zu installieren.

1) Auswahl der Stationen eines möglichen virtuellen Stadtrundgangs:
Die Auswahl erfolgt beispielhaft dem bestehenden Museumspfad des Deutschen Hugenottenmuseums: Dieser Museumspfad besteht derzeit aus sechsundzwanzig Stationen (entnommen der Internetseite des Museums: *http://www.hugenottenmuseum.de/museummuseumspfad.php*):

Deutsches Hugenotten-Zentrum, ehemalige Posthalterei, Landgraf Carl von Hessen, Hugenottenpärchen, Friedrichstraße, Hafenplatz 13, Patrizierhaus Suchier, Evangelische Stephanuskirche, Hotel zum Fürstenkrug, Hotel zum Schwan, Kopf des Orffyreus, Freihaus, Invalidenhaus, Invalidenstraße, Rosenapotheke, Zollhaus, Gasthaus zur Sieburg, Rathaus Gasthof zum Landgrafen Carl, Lagerhaus an der Schlagd, Gerbergasse, Patrizierhaus Prätorius-Suchier, Friedrich-Wilhelm-Nordbahn, Malzfeldtsche Mühle, Carlsplatz und Hugenottenturm.

Folgt man diesen Stationen, so kommt man an allen wesentlichen Sehenswürdigkeiten der Kernstadt vorbei. Auch für Helmarshausen ließe sich eine ähnliche Route zusammenstellen.

2) Hintergrundinformationen:
Hat man sich auf die Route geeinigt, so besteht die nächste vorbereitende Tätigkeit darin, die notwen-

digen Hintergrundinformationen zusammenzustellen und aufzuarbeiten. Sind die erforderlichen Texte erstellt, gibt es verschiedene Möglichkeiten der Informationsbereitstellung: Erstens könnte man die bereits auf der Internetseite verfügbaren Informationstexte verknüpfen, was jedoch einen nur geringen Mehrwert darstellen würde. Zweitens könnte man jeweils ausführlichere Texte bereitstellen. Drittens schlagen wir vor, auch noch weitere, das jeweilige Thema vertiefende Texte bereitzustellen. Sie gehören nicht zur eigentlichen Tour, erlauben jedoch den Abruf von Hintergrundinformationen. Zum Beispiel könnte man den Fakten über den Hugenottenturm einen weiteren Abschnitt über den Stifter des Turms, *Johann Josef Davin*, hinzufügen.

3) Ausweitung des Programms auf eine audiovisuelle Führung:
Besonderen Charme entwickelt der Verweis auf die Webseite, wenn ebenfalls Hörtexte zu den verschiedenen Sehenswürdigkeiten hinterlegt sind. Sofern sie interessant gestaltet und professionell eingesprochen werden, ist von einer hohen Nachfrage dieses Zusatzangebots auszugehen. Insbesondere für schlecht sehende oder gar blinde Menschen stellt die Ergänzung um Hörangebote ein attraktives Angebot der Fremdenführung dar. Die Möglichkeiten der Visualisierung sind quasi unbegrenzt, denkt man beispielsweise an den Einsatz

von kleinen Videosequenzen zur entsprechenden Station oder verwandten Themen.

4) QR-Codes erstellen und ausdrucken:
Zur Verbindung der verfügbaren Information mit einem entsprechenden Gerät wird ein an der Sehenswürdigkeit angebrachter QR-Code genutzt. Dieser lässt sich inzwischen in Eigenregie erzeugen. Dazu gibt es bereits eine Vielzahl an kostenlosen Programmen.

Die Hardware für die virtuelle Stadtbesichtigung sind die im Besitz der Gäste befindlichen Smartphones und Tablets. Da heutzutage quasi jeder ein solches Gerät besitzt, sind keine zusätzlichen Leihgeräte mit all dem dazu notwendigen Aufwand für Ausgabe und Rückgabe erforderlich. Der mittlerweile bereits im gesamten Stadtgebiet vorhandene Freifunk reduziert den Betriebsaufwand auf den Batteriestrom der Apparate.

5) QR-Codes an geeigneten Stellen gut sichtbar anbringen:
Die QR-Codes werden den Nutzern als Aufkleber hinter einer Kunststoffabdeckung zugänglich gemacht. Es ist ebenfalls denkbar, wahlweise zwei solcher Codes jeweils auf den Texthinweis sowie auf die Audiodatei hinweisen zu lassen.

6) Internetpräsenz mit den Besichtigungsstationen und einer Übersichtskarte erstellen:
Wichtiger Baustein des Konzepts ist eine Internetpräsenz einschließlich Lageplan, der den Besuchern die vorgeschlagene Route zeigt und die entsprechenden Informationen verfügbar macht. Es liegt natürlich im Ermessen jedes Nutzers, einfach an einer Station vorbeizulaufen, falls ihn das Thema nicht interessiert.

7) Flyer drucken und auslegen:
Die Flyer werden gedruckt und am Schalter der Kur- und Touristikverwaltung sowie an weiteren von Touristen frequentierten Orten ausgelegt.

Hinweis:
Wir möchten nachdrücklich darauf hinweisen, dass das vorgestellte Projekt grundsätzlich nicht die von der Kur- und Touristik-Information Bad Karlshafen sowie dem Weinhaus Römer angebotenen Besichtigungstouren ersetzen soll. Vielmehr sind die wesentlichen Ziele unseres Vorschlags, erstens Lust auf diese geführten Touren zu machen und zweitens unabhängig von den zeitlich festgelegten Stadttouren eine Erkundung der Stadt auf eigene Faust zu ermöglichen.

Wir würde mich sehr darüber freuen, wenn Sie

den hier vorgestellten Vorschlag prüfen würden. Für Rückfragen stehen wir Ihnen natürlich jederzeit gerne zur Verfügung.

Mit freundlichen Grüßen, die Mitglieder der Initiativgruppe *Schöneres Bad Karlshafen und Helmarshausen*

Anlage: Projektplan: Real-virtuelle Stadtführung
1) Ziele der computergestützten Stadtführung festlegen.
2) Informationen über die ausgewählten Ziele zusammentragen und entsprechend aufarbeiten.
3) Bei Ausweitung des Programms auf eine audiovisuelle Führung die notwendigen Texte aufschreiben und einsprechen lassen.
4) QR-Codes erstellen und ausdrucken.
5) QR-Codes an geeigneten Stellen gut sichtbar anbringen.
6) Internetpräsenz mit den Besichtigungsstationen einschließlich einer Übersichtskarte erstellen.
7) Flyer drucken und auslegen.

Persönliche Anmerkung Carl Sänger:
Die Idee einer real-virtuellen Stadtführung entspringt nicht meinen Gedanken. Ein Freund hat sie mir erzählt und ich bin zu der Überzeugung ge-

kommen, dass sie so gut ist, dass sie in diesen utopischen Ideenpool aufgenommen werden sollte. Derjenige ist über diese Art der Veröffentlichung informiert und hat nichts dagegen. Er wird seine Würdigung dieser tollen Projektidee sicherlich zu einem späteren Zeitpunkt auch in aller Öffentlichkeit erhalten - dies selbst zu tun, würde mir zum gegebenen Zeitpunkt ein großes persönliches Vergnügen bereiten.

– E N D E –

Themenwochenende: Glaubenswelten an der Diemelmündung

Tauchen Sie an einem Wochenende ein in die verschiedenen Facetten religiöser Lebenswelten in den Orten Bad Karlshafen und Helmarshausen! Lernen Sie die über tausendjährige Geschichte der Klosterstadt Helmarshausen kennen und erfahren Sie, wie sich die Ansiedlung der hugenottischen Glaubensflüchtlinge in Karlshafen zu einer Erfolgsgeschichte für den Ort entwickelt hat! Folgen Sie den Spuren der jüdischen Bevölkerung von Karlshafen, wie sie damals am Sabbat über den Krukenberg zur Synagoge in Helmarshausen gewandert ist!

Dieses Wochenende ist Geschichtserfahrung und Wohlfühlurlaub zugleich: Neben den Besichtigungen und Erkundungen haben Sie immer wieder die Möglichkeit, Ihre Eindrücke bei einem guten Essen oder im warmen Solewasser der Weserberglandtherme Revue passieren zu lassen.

Geplanter Ablauf:

Freitagabend: Anreise, abends rustikale Hugenottenplatte in einem örtlichen Weinhaus.

Samstagvormittag: Wanderung *Auf jüdischen Spuren*: Hafenplatz – Diemelbrücke – Krukenberg – Jüdischer Totenhof – Ehemalige Synagoge – Steinstraße (Treffpunkt Stadtführung). Von dort aus einstündige Stadtführung in Helmarshausen (Steinstraße, Kloster. Bei Interesse auch ehemaliger Bahnhof und jüdischer Friedhof). Wanderung hinauf auf den Krukenberg. Anschließend Vesper im Café an der Krukenburg.

Samstagnachmittag: Besichtigung der Krukenburg und Besuch des Gedenksteins für die jüdischen Opfer des Nationalsozialismus. Im Anschluss daran Transfer zurück in das Hotel nach Bad Karlshafen, Besuch der Weserberglandtherme.

Samstagabend: Vier-Gänge-Menü im gewählten Hotel.

Sonntagvormittag: Stadtführung durch die Hugenottenstadt Bad Karlshafen, Besuch des Hugenottenmuseums, Mittagessen.

Sonntagnachmittag: Abreise oder weiterer Aufenthalt in Bad Karlshafen (Tipp: Eine Schifffahrt auf der Weser mit dem Fahrgastschiff Hessen 2).

– E N D E –

Bad Karlshafen und Helmarshausen im Jahr 2024

Einführung 2024

2024 – acht Jahre sind seit dem Entscheid zur Hafenöffnung vergangen.

Heute habe ich *Rolf-Ullrich Müller*, den Bürgermeister von Bad Karlshafen und Helmarshausen für eine Einführung in das Jahr 2024 gewinnen können. In seiner Neujahrsansprache *Syburg und Helmerateshusa* wird er einen ersten Einblick in die Begebenheiten dieses so ereignisreichen Jahres geben.

Doch lesen Sie selbst ...

1 Syburg und Helmerateshusa

Redemanuskript der Neujahrsansprache von Bürgermeister *Rolf-Ullrich Müller*

Es gilt das gesprochene Wort!

Liebe Bürgerinnen und Bürger,

ein überaus erfolgreiches Jahr liegt hinter uns und ich freue mich schon heute auf die Herausforderungen, die die folgenden 366 Tage mit sich bringen werden. Bevor ich jedoch zu den auf uns wartenden Aufgaben komme, lassen Sie mich zunächst einen kurzen Blick zurückwerfen ...

*

... 2024 ist bereits am heutigen Tag – seinem ersten – ein ganz besonderes Jahr: Das fängt damit an, dass vor 1080 Jahren Otto der Erste der edlen Frau Helmburg den Königshof Helmerateshusa übereignet hat. Noch zwanzig Jahre, dann jährt sich dieses Ereignis bereits zum eintausendeinhundertsten Mal. Der *Vorort*, wie er von Helmarshäusern immer mal wieder gerne genannt wird, feiert hingegen einen richtigen Geburtstag: Bad Karlshafen wird in diesem Jahr 325 Jahre alt. Uns allen, die wir an der Zukunft der Stadt weiterarbeiten, gratuliere ich ganz herzlich und wünsche uns weiterhin alles Gute und ein glückliches Händchen beim Gestalten der Zukunft des größeren Ortsteils. Wir haben natürlich große Pläne – auch für Helmarshausen. Lassen Sie uns also auf die Projekte schauen, die wir hoffentlich in meiner Rede in genau einem Jahr als abgeschlossen betrachten können.

Der erste Höhepunkt des Jahres wird bereits im Februar stattfinden: Am 19. Februar werden wir am Standort des alten Hugenottenmuseums das neue *Herbert-Mager-Museum* eröffnen. Ich persönlich bin sehr stolz, dass es uns gelungen ist, eine ausreichende Anzahl Bilder des Künstlers zu beschaffen, der lange Jahre in Karlshafen gelebt und vor allem gemalt hat. Die Dauerausstellung *Herbert Mager – Expressiver Realismus im Weserbergland* wird fünfundvierzig seiner Bilder umfassen, zudem sind wechselnde Ausstellungen von Künstlern aus der Region in einem separaten Bereich des Museums vorgesehen.

Im März feiert dann der *Wanderverein Weser-Diemel 2019 e. V.* seinen fünften Geburtstag. Es ist erstaunlich, was die Wanderfreundinnen und Wanderfreunde in diesem Zeitraum alles auf die Beine gestellt haben. Besondere Erwähnung sollen an dieser Stelle vor allem die *Sieburg-Wandernadel* und die professionell durchgeführten Themenwanderungen für Einheimische und Gäste finden. Weiter so!

Nun ein Gruß in unser westliches Nachbarland, in die Niederlande: Am 28. April 2024 steht Karlshafen ein buntes Fest bevor – die Premiere des Deutsch-Holländischen Blumenfestes auf dem *Place des Cévennes*, dem ehemaligen Hafenplatz am Rathaus. Der Anmeldestand ist mehr als zufriedenstellend, bis heute haben bereits zehn Institutionen verbindlich einen Standplatz für das Fest gebucht. Als neue Tradition soll das Fest am letzten Sonntag im April stattfinden, in zeitlicher Nähe zu dem am 27. April stattfindenden Koningsdag, dem Geburtstag des niederländischen Königs Willem-Alexander.

Im Mai wird alles neu, so auch für die zahlreichen Besucher, die wie jedes Jahr von den ersten schönen Tagen an unsere beiden Ortsteile besuchen werden. Nach Abschluss der letzten Arbeiten werden sie in diesem Jahr erstmals die Gelegenheit haben, die verkehrsberuhigte und mittlerweile sehr attraktive Kernstadt von Karlshafen zu besuchen. Der *Place des Huguenots* und der *Place des Cévennes* haben nun endlich wieder eine direkte Verbindung zur Weser und dem neu geschaffenen *Quai d'Amerique* – vermittelt in dem Stadtspaziergang 300 Jahre Stadt am Wasser.

Eine weitere Premiere folgt bereits einen Monat später, es geht wirklich Schlag auf Schlag! Das Klosterfest in Helmarshausen ist allein schon eine große Sensation – dieses Jahr wird es zusätzlich am Samstag einen sogenannten *Colloquiumstag* geben. An diesem Tag gibt es historische Vorträge über das Mittelalter, man kann lernen, wie ein Mönch zu schreiben, und seiner Sangeslust freien Lauf lassen. Natürlich wird es auch ein attraktives Programm für Kinder und Jugendliche geben – sie können Spielzeug basteln, töpfern und sich in der Seidenmalerei versuchen.

Ich persönlich freue mich schon auf die Sommermonate: Dann werde ich mit meiner Familie den Teepavillon direkt am Hafen mieten. Dort genieße ich an einem sonnigen Tag im Hafengarten am *Place des Huguenots* meinen Tee und meine Hugenottenschnitte – mit Blick auf das Rathaus sowie all die Menschen, die an einem schönen Sonntagnachmittag durch die neuen Gartenanlagen flanieren.

Der Höhepunkt des Jahres und ein Jahrhundertereignis für Karlshafen wird die Freilichtaufführung der Oper *Les Huguenots* von Giacomo Meyerbeer sein. In einer lauen Augustnacht werden wir diese auf dem Hafen aufgeführte Oper genießen dürfen. Sie ist unser Geschenk zum dreihundertfünfundzwanzigsten Geburtstag der Stadt, die einstmals Syburg hieß und aus der nach Carlshaven/Carlshafen schließlich Bad Karlshafen wurde.

Kommen wir von Syburg nach Helmerateshusa: Bereits zum fünften Mal wird es stattfinden, das kleine, aber feine Literaturfestival in Helmarshausen. Die Lesungen bekannter und einheimischer Autoren finden wie gehabt in den Kategorien *Kinder/Jugend*, *Krimi*, *Historie* sowie *Gesellschaftspolitik* statt. Ich freue mich besonders darüber, dass diesmal auch eine Autorin aus dem Ort eine Lesung halten wird – mehr will ich heute dazu aber noch nicht verraten.

Bereits zum siebten Mal wird in diesem Jahr der Gemeindewandertag veranstaltet. Unter der kompetenten Leitung des *Wandervereins Weser-Diemel 2019 e. V.* werden wir in diesem Jahr wieder drei Strecken wandern dürfen. Ich bin gespannt, ob wir die hohe Teilnehmerzahl des letzten Jahres noch einmal zu steigern vermögen. Die Vorbereitungen laufen und ich habe noch eine gute Idee, wie man den Gemeindewandertag vielleicht noch etwas attraktiver gestalten könnte. Dazu werde ich bei der nächsten Vereinssitzung einen entsprechenden Vorschlag einbringen.

Die Helmarshäuser wären keine Helmarshäuser, wenn sie nicht auf die zahlreichen Verschönerungsmaßnahmen in ihrem *Vorort* mit einer geeigneten Antwort reagieren würden. Die Poststraße war einst nicht mehr als eine triste Durchgangsstraße. Heute gibt es die Umgehung der B 83 und dank des *Vereins Poststraße* viele Initiativen, die Fassaden der Gebäude schöner zu gestalten. Die Mitglieder des Vereins waren auch sehr geschickt bei der Beantragung von Mitteln aus dem Programm *Städtebaulicher Denkmalschutz* – das Ergebnis kann sich auf jeden Fall sehen lassen! Und wie ich weiß, haben die Helmarshäuser noch einige Überraschungen für uns in petto.

Als letzten Punkt möchte ich auf einen weiteren bevorstehenden Geburtstag hinweisen: Die niederländischsprachige Version des Internetauftritts der Stadt wird in diesem Jahr ebenfalls fünf Jahre alt. Hier handelt es sich um eine Erfolgsgeschichte, die Ihresgleichen sucht. Zwar waren die Bürgerinnen und Bürger zunächst nicht einfach davon zu überzeugen, dass die holländischen Nachbarn ihren Teil zum Aufschwung der Stadt beitragen könnten, aber heute finden sich auf den Tellern der Stadt immer häufiger *Stamppot* und *Vla*. Wir haben ferner auch ein Deutsch-Holländisches Blumenfest und einen Käseladen mit einem reichhaltigen Käsesortiment niederländischer Milchprodukte ...

*

... Ich wünsche uns allen ein schönes, gesundes, erfolgreiches und glückliches Jahr 2024.

Herzlichen Dank für Ihre Aufmerksamkeit!

– E N D E –

2 Eröffnung des Herbert-Mager-Museums

Durch unseren Korrespondenten Rudolf Martens

Bad Karlshafen. Endlich ist es gelungen, dem Maler Herbert Mager ein würdiges Andenken zu gewähren: Der kunsthistorisch der *Verschollenen Generation* und dem *Expressiven Realismus* zuzurechnende deutsche Maler erhält ein eigenes Museum. Das Herbert-Mager-Museum in Bad Karlshafen wurde am 19. Februar 2024 feierlich eröffnet. Fünfundvierzig Werke Magers sind ab sofort in der Dauerausstellung *Herbert Mager – Expressiver Realismus im Weserbergland* zu sehen. Das Gebäude an der Schlagd hatte bereits früher das Hugenottenmuseum beherbergt, bevor dieses an seinen heutigen Standort am *Place des Huguenots* umgezogen ist. Aufgrund der Heimatverbundenheit des Malers ist geplant, lokalen Künstlern in wechselnden Ausstellungen eine Möglichkeit der Darstellung zu bieten.

Expressiver Realist der *Verschollenen Generation*

Herbert Mager wurde am 1. Juni 1888 in Geestemünde geboren. Er studierte Architektur an der

Technischen Hochschule Hannover und wechselte 1907 auf die Kunstgewerbeschule Karlsruhe, um bei Max Laeuger Architektur und Keramik zu studieren. Das Jahr 1908 verbrachte Mager in München im Lehr- und Versuchsatelier von Wilhelm von Debschitz. Von 1910 bis zu Beginn des Ersten Weltkriegs studierte er in Berlin Kunstgeschichte bei Wölflin und Paul Simmel.

Im Ersten Weltkrieg kämpfte Mager in Russland und Frankreich. In den 1930er Jahren lebte er eine kurze Zeit in Paris und arbeitete in einem Atelier, kam aber bald nach Deutschland zurück. Im Zweiten Weltkrieg war er wieder Soldat.

Seit 1922 lebte Mager mit seiner Familie in Karlshafen. Schnell wurde er im Weserbergland zu einem bekannten Landschaftsmaler. Er malte vorwiegend expressive Aquarelle und Ölgemälde von der Weserlandschaft und den umliegenden Orten. Herbert Mager starb am 18. August 1979 in Bad Sooden-Allendorf.

Späte Würdigung aufgrund verschollener Werke

Rechnet man Herbert Mager von seiner Ausrichtung als Maler der *Verschollenen Generation* zu, so galten lange Zeit viele seiner Kunstwerke ebenfalls als verschollen. Aufgrund eines fehlenden Werkverzeichnisses sowie der Streuung seiner Werke war es lange Zeit schwierig, die Bilder in einer

Ausstellung oder gar in einem Museum zusammenzuführen. Der erste Versuch 2018 scheiterte.
Dank der Recherche der Heimatvereine Bad Karlshafen und Helmarshausen sowie durch die Unterstützung einiger Experten für *Expressiven Realismus* aus dem Fachbereich Germanistik und Kunstwissenschaften der Universität Marburg konnten jedoch die Aufenthaltsorte der meisten Bilder ausfindig gemacht werden. Ein großer Teil der Bilder befindet sich in Privatbesitz; erst nach entsprechenden Verhandlungen konnte für eine stattliche Anzahl an Bildern eine Nutzung als Dauerleihgabe erreicht werden. Insgesamt sind nun dreißig der Bilder Dauerleihgaben. Das Museum hat aufgrund großzügiger Spenden lokaler Mäzene vier Bilder ankaufen können, die restlichen elf Werke sind Leihgaben anderer Museen und Sammlungen.

Expressive Aquarelle und Ölgemälde

Beispiele für Aquarelle Herbert Magers sind die Werke: *Herstelle vom Weserufer, Hannoversche Klippen, Wasserschloss Wülmersen, Diemelufer bei Helmarshausen* und *Steinstraße in Helmarshausen.*
Zu seinen bekanntesten Ölgemälden zählen: *Helmarshausen Fahlenberg, Stadtansicht Bad Karlshafen, Weserufer bei Lauenförde, Weserlandschaft Beverungen, Hugenottenturm mit Sängertempel,*

Juliushöhe Bad Karlshafen, Krukenburg Helmarshausen sowie *Haus ›Alt Carlshaven‹*.

Ein Besuch lohnt sich

Das Gebäude an der Schlagd hatte sich bereits in den Jahren 1980 bis 1989 als Museumsstandort bewährt, als dort das Deutsche Hugenottenmuseum beheimatet war. Ab sofort ist das Museum von Dienstag bis Sonntag, jeweils von 10.00 bis 13.00 Uhr, geöffnet. Für die Hauptsaison (1. April bis 30. September) ist vorgesehen, die Öffnungszeiten auf 10.00 bis 16.00 Uhr auszuweiten. Der Eintritt beträgt 5,00 Euro, ermäßigt 3,50 Euro. Ein Ausstellungskatalog und ein Audioguide sind in Arbeit. Die Veröffentlichung einer Biografie Herbert Magers steht ebenfalls kurz bevor.

Datenquellen

1) Wikipedia:
https://de.wikipedia.org/wiki/Herbert_Mager
(abgerufen am 3. Mai 2016)
2) Regio-Wiki der HNA:
http://regiowiki.hna.de/Herbert_Mager
(abgerufen am 3. Mai 2016)

Anmerkung Carl Sänger

Leider hat sich im Verlauf der Bearbeitung dieser Geschichte ergeben, dass das von mir für das Herbert-Mager-Museum vorgesehene Gebäude einer anderen Nutzung zugeführt werden soll. Aber letztlich würde die Tatsache das Projekt nicht zum Scheitern bringen ...

– E N D E –

3 Fünf Jahre Wanderverein Weser-Diemel 2019 e. V.

Redemanuskript des Vereinsvorsitzenden *Reinhard Löffler* anlässlich der Jubiläumsfeier im Landgrafensaal des Rathauses Bad Karlshafen

Es gilt das gesprochene Wort!

Liebe Wanderfreundinnen, liebe Wanderfreunde,

fünf Jahre nach der so erfolgreichen Gründung des *Wandervereins Weser-Diemel 2019 e. V.* möchte ich heute Bilanz ziehen. Lassen Sie uns also auf die zahlreichen Leuchtturmprojekte zurückblicken, die wir in diesen sechzig Monaten realisieren konnten.

Alles begann, als Bürgermeister Rolf-Ullrich Müller beim Volkswandertag 2018 zur Beteiligung am Verein aufgerufen hatte und sich nach der Veranstaltung im Oktober 2018 zahlreiche Wanderfreunde aus Bad Karlshafen und Helmarshausen zusammengefunden haben. Alle zusammen haben wir zum 1. Januar den *Wanderverein Weser-Diemel 2019 e. V.* gegründet. Wir waren überrascht, wie viele Freiwillige sich nach dem Aufruf des Bürgermeisters sowie der Veröffentlichung im Gemeindeblättchen gemeldet haben. Daher konnten wir uns eine anspruchsvolle Agenda an Aufgaben erstellen, die wir in den vergangenen Jahren abgearbeitet haben. Waren die Freiwilligen allein schon eine wichtige Stütze; ohne die dauerhafte finanzielle Unterstützung durch einige Gewerbetreibende vor Ort hätten wir manches nicht so realisieren können. Ihnen allen gilt es heute, einen herzlichen Dank auszusprechen. Kommen wir nun zu den Früchten Ihrer Bemühungen. Kurz gesagt geht es um folgende Projekte, die später noch genauer beschrieben werden sollen:

- *Sieburg-Wandernadel*,
- geführte Wanderungen,
- Themenwanderungen und
- Geocaching.

Aktuell hat der Wanderverein vierundfünfzig Mitglieder jeder Altersgruppe. Die Gruppe ist sehr motiviert und auch bereit, neben der Entrichtung des Mitgliedsbeitrags umfangreiche ehrenamtliche Arbeit zu leisten. Der Namenszusatz *Weser-Diemel* wurde damals bewusst gewählt, um eine Bevorzugung einer der beiden Ortsteile zu umgehen. Zu den ständigen Aufgaben des Vereins zählen seit der Gründung die Instandhaltung der Wanderwege im Stadtwaldbereich, die Ausrichtung der Volkswandertage sowie die Verbesserung des Angebots an Rastplätzen mit Bänken und Schutzhäuschen. Dazu werden wir jedoch noch mehr Unterstützung benötigen, sodass wir bestrebt sind, die Selbstdarstellung des Vereins zu verbessern und weiter aktiv Mitgliederwerbung zu betreiben.

Kommen wir nun zu unseren Leuchtturmprojekten der vergangenen fünf Jahre:

Die Wiedereinführung der *Sieburg-Wandernadel* wurde auf dem Volkswandertag 2018 durch Bürgermeister Müller angekündigt und Ende des Jahres von der Gemeindevertretung in einer Empfehlung einhellig begrüßt. Wir waren bei diesem Projekt in der glücklichen Lage, das Rad nicht noch einmal neu erfinden zu müssen. Es gab bereits über lange Jahre eine Wandernadel in Bad Karlshafen, für die bereits sechsunddreißig Touren zur Auswahl standen. Diese Touren sind das Herzstück der *Sieburg-Wandernadel*. Natürlich mussten und müssen regelmäßig alle Touren abgelaufen werden. In jedem Einzelfall muss geprüft werden, ob die jeweilige Strecke entweder so beibehalten werden kann, modifiziert werden muss oder gestrichen gehört. Es gibt, wie damals, wieder eine bronzene, eine silberne und eine goldene Wandernadel, für die man einhundert, zweihundert beziehungsweise dreihundertfünfzig Punkte erwandern muss.

In einem zweiten Schritt wurden die Stempelstellen wiederhergestellt. Weiterhin sind die Besitzer von Gaststuben und Geschäften an den Strecken angesprochen worden, ob sie dazu bereit seien, das Erreichen eines Etappenziels zu bestätigen. Hier trafen wir auf eine große Bereitschaft, sich an dem Projekt zu beteiligen. Nicht zuletzt trinken die Wanderer dort auch gerne einen Kaffee oder kaufen eine Erfrischung – eine Win-win-Situation für alle Beteiligten.

Drittens wurden neue Wanderpässe und -nadeln

hergestellt. Hier konnten wir auf die Erlöse aus den Startgebühren für den Volkswandertag 2018 zurückgreifen.

In direktem Zusammenhang mit der Wandernadel besteht als vierter Schritt seit 2022 das Angebot, auch *geführte Wanderungen* zum Erwerb der bronzenen Wandernadel unternehmen zu können. Das Fünf-Tage-Programm ist vor allem auf die Besucher des Campingplatzes ausgerichtet und wird in der Sommersaison jeweils gegen Voranmeldung kostenlos angeboten. Im Frühjahr und Herbst haben Interessenten die Möglichkeit, ein entsprechendes Angebot kostenpflichtig zu buchen. Ziel ist es, im Rahmen der fünf Wanderungen nicht nur die erforderliche Zahl von einhundert Punkten zu erreichen, vielmehr soll es auch darum gehen, den Gästen des Ortes neben der Schönheit auch die Vielfalt der Region zu zeigen. Daher werden bewusst Wanderungen in den Reinhardswald, in den Solling und auf dem Kuhberg angeboten. Geführte Wanderungen zum Erreichen der silbernen oder goldenen Wandernadel erscheinen uns auch heute immer noch nicht sinnvoll, da dies zu lange Zeiträume in Anspruch nehmen würde. Die geführten Wanderungen sind natürlich auch unabhängig vom Erwerb der Wandernadel buchbar.

Zusammengefasst sind wir mit der Wandernadel auf einem guten Weg: Die Teilnehmerzahlen von achtzig vergebenen Wandernadeln pro Jahr zeigt das eindrucksvoll.

Als Nächstes wären da die *Themenwanderungen*: Seit einigen Jahren ist der *Wanderverein Weser-*

Diemel 2019 e. V. in der glücklichen Lage, in der Hauptsaison ebenfalls einmal pro Woche eine sogenannte Themenwanderung anzubieten. Lassen Sie mich einige Touren nennen, die unter fachkundiger Führung unserer ehrenamtlichen Wanderführer angeboten werden: *Landgraf-Carl-Kanal, Carlsbahn, Jüdisches Leben in Helmarshausen und Bad Karlshafen* und in Zusammenarbeit mit dem Landkreis Kassel eine Wanderung entlang des *Eco Pfads Diemel*. Weitere Themenwanderungen sollen in den kommenden Jahren folgen.

Als letztes großes Thema möchte ich das *Geocaching* ansprechen. Durch die Mitarbeit aktiver Geocachingfreunde in unseren Reihen ist es uns gelungen, fünf Geocaching-Parcours verschiedener Länge einzurichten: *Hugenotten, Carlsbahn, Künstler und Schriftsteller, Vergessene Plätze* sowie *Naturwunder*. All diese verschiedenen Angebote werden gut angenommen und es ist auch geplant, das Angebot sukzessive zu erweitern – mögliche Themenbereiche wären beispielsweise der *Wesersandsteinabbau* und die *Wallanlage Sieburg*.

So, nun möchte ich zum Ende kommen – mit meiner kleinen Bilanz aus den vergangenen fünf Jahren *Wanderverein Weser-Diemel 2019 e. V.* Mit Blick auf die Vergangenheit wiederhole ich gerne noch einmal meinen Dank an alle ehrenamtlichen Unterstützer sowie all diejenigen, die unsere Aktivitäten mit ihren großen und kleinen Spenden erst möglich gemacht haben.

Ich wünsche mir und uns eine Fortsetzung dieser

überaus erfolgreichen Arbeit – mögen aus fünf Jahren gerne fünfzig und mehr Jahre werden.

Vielen Dank für Ihre Aufmerksamkeit!

– E N D E –

4 Deutsch-Holländisches Blumenfest in Bad Karlshafen

Veranstaltungskonzept

Am 28. April 2024 steht der Barockstadt im märchenhaften Weserbergland ein buntes Fest bevor: die Premiere des deutsch-holländischen Blumenfests auf dem *Place des Cévennes* (dem ehemaligen Hafenplatz auf der Rathausseite). Der Anmeldestand ist sehr zufriedenstellend, bis heute haben sich bereits zehn Institutionen verbindlich für einen Standplatz für das Fest angemeldet. Als neue Tradition soll das Fest am letzten Sonntag im April stattfinden, in zeitlicher Nähe zu dem am 27. April stattfindenden Koningsdag, dem Geburtstag des niederländischen Königs Willem-Alexander.

Vorgesehen sind folgende Attraktionen:
(01) Blumenstand
(02) Poffertjes und Sirupwaffeln
(03) Fischimbiss
(04) Stand der Partnerstadt 's-Gravenzande
(05) Käsestand
(06) Niederländischer Tourismus im Weserbergland
(07) Deutsch-niederländischer Bierpilz
(08) Informationsstand der Stadt Bad Karlshafen
(09) Grimmheimat Nordhessen / Grimmwelt
(10) Gemeinschaftsstand der Vereine in Bad Karlshafen und Helmarshausen

(01) Blumenstand

An einem großen Blumenstand besteht die Möglichkeit, sowohl frische niederländische Schnittblumen zu kaufen, als auch Samen von allerlei verschiedenen Pflanzen zu erwerben. Die Blumenexperten aus dem niederländischen Westland stehen deutschen Gartenfreunden auch gerne für Fragen zur Verfügung. Um 15.00 Uhr gibt es im Rosengarten des Rathauses einen kleinen Vortrag über die holländische Gartenkunst unter dem Titel *Große Pracht in kleinen Gärten*. Geert Snyder aus Den Haag zeigt dort an ausgewählten Beispielen, wie sich auch in den typischerweise kleinen niederländischen Gärten eine attraktive Lebensumgebung herstellen lässt.

(02) Poffertjes und Sirupwaffeln

Erfahrungsgemäß bildet sich vor diesem Stand mit niederländischen Leckereien immer eine sehr lange Schlange. Die Liebhaber dieser Spezialitäten werden sich mit oft großer Geduld für die leckeren Poffertjes anstellen, die am Stand frisch hergestellt werden. Ähnlich wie Pfannkuchen sind diese nur kleiner. Doch ebenso wie die deutschen Pfannkuchen lassen sie sich wahlweise mit Konfitüre, Nutella, Ahornsirup, Honig oder einfach nur Puderzucker verzehren. Will man zum Kaffee zu Hause etwas Leckeres naschen, so geht kaum etwas über die überaus köstlichen Stroopwafeln – die auch außerhalb des Landes so bekannten Sirupwaffeln. Dabei handelt es sich um zwei runde, aufeinander liegende Teigwaffeln mit einem Durchmesser von etwa zehn Zentimetern, in deren Mitte sich eine Füllung aus Karamell befindet. Doch nicht nur die Waffeln im Ganzen werden erfahrungsgemäß einen reißenden Absatz finden, immer beliebter wird auch Snippers – der Waffelbruch – in Tüten abgepackt.

(03) Niederländischer Schnellimbiss

Die niederländische Küche ist nicht als kulinarisch exquisit bekannt. Doch kennt jeder Hollandtourist die niederländischen Imbisse mit ihren leckeren Spezialitäten. Sie sind bei uns sehr beliebt – ob nun kulinarisch exquisit oder nicht. Der Betreiber des Imbissstandes wird wieder eine breite Auswahl an holländischen Schmankerln anbieten, unter anderem *Frietjes* (holländische Pommes frites) mit Mayonnaise, Ketchup oder Erdnusssauce. Dazu die typischen frittierten Fleisch- und Käsegerichte wie *Frikandel, Kroket, Bitterballen* und *Gehaktbal*. Natürlich wird es auch frittierte Fischgerichte geben – beispielsweise *Kibbeling, frittierte Scholle* und *Lekkerbekje*.

(04) Stand der Partnerstadt 's-Gravenzande

Am Stand der Gemeinde Westland, zu der 's-Gravenzande seit 2004 gehört, gibt es sehr viele Informationen über die Stadt und die Region. Mit dem Auto ist 's-Gravenzande in gut vier Stunden zu erreichen. Der Strand der Nordsee liegt nur einen Steinwurf weit entfernt, zudem sind es nur wenige Kilometer in die beiden Zentren Den Haag und Rotterdam. Lassen sich in Den Haag berühmte Museen oder das Miniatur-Holland *Madurodam* besuchen, so lockt Rotterdam mit seinen zahlreichen Geschäften in der Innenstadt und einer Fahrt durch den weltberühmten Hafen.

(05) Käsestand

An einem original niederländischen Käsestand kommt jeder Besucher zu der Einsicht, dass holländischer Käse mehr ist als *Gouda* und *Frau Antje. Beemster, Maasdamer* und wie sie alle heißen – hier kann man sie probieren und natürlich auch kaufen. Besonders zu empfehlen sind die verschiedenen Sorten *Boerenkaas*. Dazu gibt es auch eine kleine Ausstellung, die den Herstellungsprozess eines echten Bauernkäses vorstellt. Für die ganz Verwegenen besteht die Möglichkeit, hier einmal den international nicht sehr weit verbreiteten niederländischen Wein zu probieren. Die Verkostung (mit einer kleinen Einführung) findet zwischen 17.00 und 18.00 Uhr statt.

(06) Niederländischer Tourismus im Weserbergland

Die mittlerweile zahlreichen, einschlägigen Angebote für Niederländer können am Stand der Vereinigung *Vakantie in het Weserbergland* studiert werden. Druckfrisch erhältlich sind dort die aktuellsten Auflagen der niederländischsprachigen Broschüren über die Region sowie die Übersetzung des Buches *Lohnende Umwege* von Sigrid Kupetz durch den in Bad Karlshafen lebenden Holländer Jasper van der Kamp (*Lonende omwegen*). Am Stand werden den Besuchern Mitglieder des hiesigen Wandervereins sowie Mitglieder der Radsport- und der Nordic-Walking-Gruppe für Fragen zur Verfügung stehen.

(07) Deutsch-niederländischer Bierpilz

Für das leibliche Wohl ist es unverzichtbar, nicht auch eine Auswahl der zahlreichen deutschen und niederländischen Bierspezialitäten anzubieten. Neben den bekannten deutschen Gerstensäften soll es auch eine repräsentative Auswahl an niederländischen Bieren geben – beispielsweise *Alfa, Amstel,*

Bavaria, Brand, Heineken, Hertog Jan und *Grolsch.*

(08) Informationsstand der Stadt Bad Karlshafen

Die Bad-Karlshafen-Touristik wird sich ebenfalls vorstellen, gemeinsam mit den beiden Heimatvereinen und dem Bürgerverein. Es geht vor allem darum, die vielen neuen Übernachtungsmöglichkeiten im Ort zu bewerben und auf die zahlreichen, in niederländischer Sprache verfügbaren Attraktionen aufmerksam zu machen. Dazu zählen die verschiedenen Stadtführungen in niederländischer Sprache, die Stocherkahntour, die geführten Wanderungen durch das Umland und der in Gründung befindliche *Deutsch-Niederländische Kulturverein.*

(09) Grimmheimat Nordhessen / Grimmwelt Kassel

Am Gemeinschaftsstand von *Grimmheimat Nordhessen* und *Grimmwelt Kassel* kann man sich über die jeweiligen Tourismusangebote informieren sowie typische Produkte aus Nordhessen erwerben. Dazu zählen Bücher über die Region sowie typische nordhessische Spezialitäten, wie die *Ahle Wurscht* oder der sogenannte *Rotkäppchenkuchen.*

Allerhand märchenhafte Geschenkartikel, Gutscheine und Präsentkörbe können gleich mitgenommen oder vor Ort bestellt werden.

(10) Gemeinschaftsstand der Vereine in Bad Karlshafen und Helmarshausen

Erstmals ist es gelungen, dass sich alle Vereine der Ortsteile Bad Karlshafen und Helmarshausen am Gemeinschaftsstand der Vereine beteiligen. Sie halten für Interessenten und Besucher Infomaterial bereit und stellen jeweils Ansprechpartner zur Verfügung. Am Nachmittag wird es Vorführungen einzelner Vereine geben, beispielsweise der Freiwilligen Feuerwehren, des Wandervereins und der Gesangsvereine.

– E N D E –

5 Stadtbummel durch Bad Karlshafen

»Hallo Klaus, wir haben uns aber lange nicht gesehen!«

»Christian, das ist aber nett, dich hier zu treffen!«

»Bist du länger hier in der Stadt?«

»Ne gute Woche – ich will meinen Vater besuchen.«

»Und dir sicherlich die schöne, neue Stadt anschauen, oder?«

»Ja, Mann, da ist ja einiges passiert, seitdem ich das letzte Mal hier war.«

»Hast du einen Moment Zeit oder bist du auf dem Sprung?«

»Ich habe frei – meine Frau ist beim Friseur und die Kinder sind bei ihrem Großvater.«

»Prima. Wollen wir zusammen ins Cortina gehen? Ich lade dich auf einen Cappuccino oder ein Spaghettieis ein.«

»Gute Idee. Sag mal, hier ist ja einiges anders: Wo ist eigentlich die alte Ampel hingekommen?«

»Die wurde abgebaut, nachdem man den Ort komplett verkehrsberuhigt hat.«

»Wie geht das denn – ist die Weserstraße nicht immer noch eine Bundesstraße?«

»Ja, das war vielleicht ein Hickhack, sei froh, dass du das nicht mitbekommen hast!«

»Erzähl!«

»Ja, im Grunde genommen hast du recht und man kann bei einer Bundesstraße nicht so einfach

die Geschwindigkeit reduzieren. Aber der Bürgermeister war so klug, das neu gestaltete Hafenareal einfach zum Kur- und Erholungsbereich zu erklären. Damit gelten Ausnahmen, die speziell für Städte mit Kurbetrieb gemacht werden können.«
Auf einmal zogen sich Christians Gesichtsmuskeln zusammen. »Pass auf, Klaus, bei Zebrastreifen kannst du nicht immer davon ausgehen, dass die Autofahrer einen auch wirklich ernst nehmen. Die Einheimischen haben sich inzwischen an das Hindernis gewöhnt, gefährlich sind vor allem die ortsfremden Autofahrer.«

»Hab schon geschaut. Statt der einen Ampel gibt es nun zwei Zebrastreifen?«

»Ja, nachdem man den ganzen Innenstadtbereich gepflastert und das gesamte Hafenareal verkehrsberuhigt hat, gibt es jetzt zwei Verbindungswege vom Hafen zur Weser. Der eine ist bei der Gaststätte Zum Landgraf Carl, der andere die Verlängerung der Fährgasse. Jetzt haben sie es endlich geschafft, das Hafenareal mit der Weser zu verbinden.«

»Dann kann man jetzt sozusagen mit dem Auto über den Zebrastreifen vom Hafenplatz zur Schlagd fahren?«

»Ja, aber mit der Einschränkung, dass die Fußgänger immer Vorrang haben.«

»Und die *Eingeborenen*, die machen das so einfach mit?«

»Na ja, es gab auch schon heftigen Widerstand. Vor allem die Autofahrer waren dagegen. Obwohl es heute nicht weniger Parkplätze gibt als vorher.«

»Wie geht das denn?«

»Ganz einfach, der Bereich zwischen den Häusern in der Weserstraße besteht aus fünf Zonen: Fußweg, Parkbucht, Fahrbahn, Parkbucht und wieder Bürgersteig – und alles ganz ohne Bordsteinkante.«

»Rasen die Leute da nicht über den Bürgersteig und gefährden die Fußgänger?«

»Nein, das ist kein Problem. Alle paar Meter steht ein großer Stein oder ein Denkmal, sodass sie schon ziemlich Slalom fahren müssten, um da einen Fußgänger zu erwischen.«

»Ich würde gerne gleich mal an der Schlagd entlanglaufen und mir das einmal anschauen.«

»Klar. Wir können uns auch nur einfach ein Eis holen und gleich losspazieren.«

»Okay, so machen wir das. Ich muss doch sagen, du hast mich schon sehr neugierig gemacht.«

»Wir sind da, was willst du?«

»Ich bin der totale Eisnarr – drei Kugeln im Becher und Sahne. Schoko, Walnuss und Vanille.«

»Bring ich dir mit.«

Nach drei Minuten kam Christian mit den zwei Eisbechern wieder hinaus. Er sah einen überraschten Ausdruck in Klaus' Gesicht.

»Ich habe gerade einen schweren LKW mit Anhänger durch die Stadt fahren sehen. Der hat ja tatsächlich am Zebrastreifen gehalten, um den kleinen Jungen über die Straße zu lassen. Klasse!«

Christian grinste. »Ja, Klaus, das hast du wohl nicht gedacht, oder?«

»Nein. Wie ist das denn jetzt eigentlich mit dem

Hafenplatz – ist das eine Fußgängerzone oder nicht?«

»Teils, teils. Auf der Rathausseite, dem *Place des Cévennes*, ist nur Anliegerverkehr erlaubt – für Bewohner sowie für die Mitarbeiter des Rathauses und des Cafés. Auf dem *Place des Huguenots* auf der Museumsseite ist es eine verkehrsberuhigte Einbahnstraße. Du kannst den Bereich des ehemaligen Hafenplatzes regulär nur von der Bergstraße aus erreichen. Der Zugang zur Lutherstraße ist dicht. Sie ist ebenfalls wieder Einbahnstraße und nur nach unten sowie in Richtung Conradistraße befahrbar.«

»Die Teufelsbrücke gibt es aber noch, oder?«

»Ja, die ist immer noch da. Schau, wir sind bei der Fährgasse. Hast du Lust, mal hinunter zur Weser laufen? Von da aus können wir dann über die Kanalbrücke zur Schlagd.«

»Klar. Ich bin gespannt, ob die alte Kurpromenade heute immer noch diesen roten Belag hat.«

»Ja, da hat sich nichts geändert. Aber dafür andere Dinge.«

Die schmale Fährgasse war nicht mehr geteert, sondern wie Weserstraße und Hafenplatz gepflastert. Die *Hessen 2* lag gerade am Anleger, viele Menschen warteten darauf, gleich an Bord gehen zu dürfen.

»*Quai d'Amerique*, wow! Was ist denn aus der guten alten Kurpromenade geworden?«

»Im Zuge der Besinnung auf die französischen Wurzeln der Stadt hat man die beiden Promenaden am Hafen in *Place des Cévennes* und *Place des*

Huguenots umbenannt. Hatte man sich auf die ersten beiden am Hafenplatz schnell einigen können, war das mit dem *Quai d'Amerique* schwieriger. Aber dann hat sich jemand daran erinnert, dass von hier aus die hessischen Soldaten nach Amerika verschifft worden waren – damit war die Sache dann klar.«

»Und was sind das hier für hübsche hellblaue Hinweisschilder?«

»Die gehören zum Stadtspaziergang *300 Jahre Stadt am Wasser*. Er beginnt am Hafen und führt bis zur Wesertherme. Hier sollen wesentliche Aspekte der Stadtgeschichte dargestellt werden – vom Hafen und dem Handel über Salz und Sole bis zur heutigen Anwendung in Carolinum und Wesertherme.«

»Wie viele Stationen hat die Tour?«

»Es sind zwölf Stationen, die die Verbindung zwischen dem Hafen als historischem Geburtsort der Stadt und der Wesertherme als jüngstem Teil der wasserbezogenen wirtschaftlichen Infrastruktur der Stadt herstellen. Übrigens eine Idee der alten Schabbing-Studie aus dem Jahr 2011.«

»Ich glaube, ich sollte mit Elke und den Kindern mal eine Stadtführung machen. Hast du eine Ahnung, wann ich das machen kann?«

»Heute ist Montag, die Führungen sind auch in der Saison nur donnerstags bis sonntags. Pech. Aber du könntest natürlich den Stadtspaziergang *300 Jahre Stadt am Wasser* machen oder – noch besser – eine der handy-geführten Stadtführungen. Ein Smartphone hast du doch sicher, oder?«

»Natürlich, du kannst ja heute kaum noch ohne Handy im Supermarkt bezahlen. Das funktioniert dann über QR-Codes, oder?« Klaus dachte kurz nach, dann ergänzte er: »Aber ihr habt doch sicher Freifunk in der Stadt?«

»Klar doch! Es gibt also keine Ausrede mehr, den Ort nicht schon bald wieder zu entdecken.«

»Ich gebe mich geschlagen. Morgen müssen Elke und die Kinder zum Sightseeing antreten.«

»Gut der Plan. Dann solltest du dir auch noch einmal die Weserstraße anschauen. Du wirst dich wundern – statt vierzig Prozent Leerstand wie vor zehn Jahren sind es heute gerade noch zwei Geschäfte, die auch nur zwischenzeitlich leer stehen, doch bereits wieder verpachtet sind.«

»Klasse Job. Wie hat die Stadt das denn gemacht?«

»Zunächst sind durch die Aufwertung des Hafenareals und die Verkehrsberuhigung jedes Jahr mehr Menschen in die Stadt gekommen. Dann gibt es aktuell zwei Museen in der unmittelbaren Kernstadt: das *Karlshäfer Heimatmuseum* und das *Fotomuseum Carlsbahn – gestern und heute*. Da fällt es natürlich leichter, unternehmungslustige Nachbarn zu finden – vor allem im Vergleich zu einem geschlossenen Fotogeschäft und einer seit vielen Jahren nicht mehr vorhandenen Reinigung.«

»Wie viele Museen hat die Stadt jetzt eigentlich?«

»Vier: das *Hugenottenmuseum*, das *Karlshäfer Heimatmuseum*, das Carlsbahn-Museum sowie das *Herbert-Mager-Museum* bei der alten Post.«

»Da, wo früher mal das *Hugenottenmuseum* drin war?«

»Genau da. Aber ich muss dich enttäuschen, es ist immer noch Montag und alle Museen sind heute geschlossen.«

»Endlich ist wieder Normalität in den Ort eingekehrt.«

»Da hast du vollkommen recht.«

– ENDE –

6 Colloquium im Rahmen des Klosterfestes

Ergebnisse der AG Colloquium

1 Rahmenbedingungen

2024 soll in Helmarshausen erstmals ein Klosterfest veranstaltet werden. So soll an die reiche Tradition des Ortes als wichtiger Klosterstandort erinnert werden – auch wenn das Kloster selber schon lange nicht mehr existiert und nur noch wenige Mauern an die glanzvolle Vergangenheit erinnern.

Es ist geplant, das Klosterfest alle zwei Jahre zu veranstalten. Der Termin soll immer das letzte Juniwochenende sein – so soll ausgeschlossen werden, dass es eine Kollision mit dem Schützenfest an Pfingsten gibt. Zunächst sollen beim ersten Mal nur für Samstag und Sonntag Veranstaltungen geplant werden. Entwickelt sich das Klosterfest jedoch positiv, so soll bereits ab der zweiten Durchführung ein ganzes Wochenende – also von Freitag bis Sonntag – eingeplant werden.

Samstag und Sonntag als Veranstaltungstage lassen eine vorläufige Aufteilung in einen Seminartag – das *Colloquium* am Samstag – und das eigentliche Klosterfest – das *Spectaculum* am Sonntag – sinnvoll erscheinen. Natürlich soll auch der Samstagabend für ein gemütliches Zusammensein genutzt werden, doch liegt der Schwerpunkt des Unterhaltungsprogramms auf dem Sonntag. Die *Ar-*

beitsgruppe Colloquium hat hier ihre Vorstellungen über den Verlauf des Seminars zusammengetragen.

2 Das Colloquium

Am frühen Samstagmorgen beginnen die ersten Veranstaltungen des sogenannten Colloquiums: Parallel und mehrfach finden Seminare und Schulungen in verschiedenen Themengebieten statt.

2.1 Christliche Gesangsformen

Bereits ab 9.00 Uhr am Morgen werden die Chöre der beiden Ortsteile in der evangelischen Stadtkirche einen ganztägigen Workshop abhalten, um gemeinsam die Attraktivität christlicher Chormusik zu erfahren. Dies ist jedoch keine geschlossene Veranstaltung, sondern soll eher als eine Art offener Workshop oder gar Probesingen aufgefasst werden. Interessierte Sangesnovizen sind also herzlich eingeladen vorbeizukommen. Sie dürfen zuhören und gerne auch einmal selbst ihre Gesangsqualitäten ausprobieren.

2.2 Klosterleben

Oben auf der Krukenburg findet zeitgleich ein Seminar für Kinder und Eltern statt, welches das Leben im Kloster erfahrbar machen soll. Während die Jüngeren mit ihren Eltern zu Papierkünstlern werden oder sich ihr eigenes Holzspielzeug herstellen, können sich die Älteren als Bildhauer und Maler versuchen oder ihren eigenen Stoff weben und Wolle spinnen. Für die Zwölf- bis Sechzehnjährigen besteht ab 11.00 Uhr die Möglichkeit, eine Einführung in die Kunst der Seidenmalerei zu erhalten. Hierzu ist eine Voranmeldung sinnvoll, da Teilnehmerplätze und Material limitiert sind.

2.3 Scriptorium – Schreiben wie im Kloster

Im Gemeindehaus lernen Jung und Alt unter Anleitung, wie man mit Feder und Tinte auf Pergament schreibt. Der kurzen theoretischen Einführung in Buchkunde, Materialien und Farben folgt die sicher interessante Erfahrung, wie es ist, mit einer Gänsefeder verschnörkelte Buchstaben zu malen. Nach Abschluss des Kurses besteht für Interessenten die Möglichkeit, unter fachkundiger Führung das Faksimile des wertvollen, verzierten Evangeliars anzuschauen, das der Mönch Herimann eigens für Heinrich den Löwen gefertigt hat – früher immerhin einmal das teuerste Buch der Welt.

2.4 Geschichtsworkshop Mittelalter

Im *Deutschen Haus* in der Steinstraße findet am Vormittag ein aus drei Blöcken bestehender *Ge-*

schichtsworkshop Mittelalter statt. Er besteht aus den auch einzeln besuchbaren Teilen *Einführung Mittelalter, Einführung Buchmalerei* und *Helmarshausen im Mittelalter*. Eine Voranmeldung vorzusehen, erscheint sinnvoll.

2.5 Bierbrauen für Hobby-Mönche

Am Nachmittag findet am gleichen Ort eine Veranstaltung statt, die vor allem die Männer interessieren wird: Wie braue ich mein eigenes Bier? Nach einer kurzen theoretischen Einführung geht es auch schon los – schließlich dauert das eigentliche Bierbrauen acht bis zehn Stunden. Die Hobby-Brauer können sich ihr Bier am Sonntagmorgen abholen. Entgegen der weit verbreiteten gegenteiligen Meinung ist es seit 1985 wieder erlaubt, eigenes Bier zu brauen. Seitdem dürfen von jedem Bürger bis zu 200 Liter Bier pro Jahr steuerfrei hergestellt werden.

2.6 Kräuterkunde

Weiterhin ist eine Tagesexkursion Kräuterkunde geplant, auf der sich Interessenten von der Kräuterhexe Theodora in das Sammeln und Verarbeiten von Nutz- und Heilkräutern einweisen lassen können. Die entsprechenden Kräuter werden anhand einer Systematik ausgesucht und kräuterspezifische Standorthinweise gegeben. Mitzubringen sind hierzu ein Stoffbeutel und eine Blumenschere. Neben der Verwendung der verschiedenen Kräuter werden auch zahlreiche Hinweise für eine ordnungsgerechte Lagerung gegeben.

Wir hoffen, mit diesem weitgefächerten Programm viele Interessenten anlocken zu können. Einzelheiten sind natürlich noch zu klären.

Anregungen und weitere Ideen nehmen wir gerne entgegen.

Die Arbeitsgruppe Colloquium

– E N D E –

7 Promenieren am *Place des Huguenots*

Privater Bericht über einen Besuch in Bad Karlshafen – Eindrücke vom neuen Hafenplatz

Ich war nach vielen Jahren der Abwesenheit sehr gespannt auf die neuen Gartenanlagen am ehemaligen Hafenplatz, dem heutigen *Place des Huguenots*. Als ich dann am ersten Juliwochenende mit dem Motorrad in die Stadt einbog, war ich überrascht, wie voll es im Ort war. Ich parkte das Motorrad auf dem Motorradparkplatz hinter dem Landgraf-Carl-Haus und machte mich auf den Weg. Mir fielen sofort die beiden Zebrastreifen auf, die über die gepflasterte Weserstraße führen. Ich lief bis zur Fährgasse und überquerte dort, wo früher mal die Ampel stand, die Straße. Das Café an der Ecke Weserstraße/*Place des Huguenots* war gut besucht, doch war ich zunächst neugierig auf den sogenannten *Hugenottengarten*.

Der Bereich um das Denkmal des Landgrafen Carl – anlässlich der Zweihundert-Jahr-Feier der Stadt errichtet – war gänzlich neu gestaltet worden. Als Erstes fiel mir auf, dass das einstmals von allen Seiten frei zugängliche Areal nun nur noch drei Zugänge hat. Einer befindet sich an der Seite, von der ich den Garten betreten wollte, einer am Denkmal sowie einer – in diesem Moment von mir noch nicht einsehbar – beim Weinhaus Römer. Insgesamt konnte der Garten nach der Einrichtung der verkehrsberuhigten Einbahnstraße breiter ausgeführt werden, da der ehemalige Fußweg ebenfalls mit in den Garten integriert werden konnte. Vor außen sichtbar war ein circa ein Meter hoher Metallzaun – grün. Doch jetzt im Sommer war er recht unscheinbar, da sich auf der Innenseite eine ebenso hohe Hainbuchenhecke befand. Verschließbare Türen gab es keine, aber das war wohl auch nicht die Zielsetzung des Areals. Der Zaun ist nur eine Maßnahme, die im Inneren befindlichen Hecken und Blumenbeete zu schützen.

Neben dem Zugang, durch den ich den Hafengarten betreten hatte, befand sich rechts an der Hafenmauer und neben der Treppe der sogenannte Teepavillon: ein metallenes Häuschen, an lediglich zwei der vier Seiten mit einer Wand versehen und mit weißen, gusseisernen Möbeln ausgestattet. Aus Gründen des Diebstahlschutzes waren sie mit dem hölzernen Fußboden des Pavillons verschraubt. Man kann den Freisitz am Hafen an den Wochenenden jeweils für eine halbe Stunde mieten, um dort seinen im gleichfarbigen Kiosk auf der anderen Seite des Gartens bestellten Tee oder Kaffee zu trinken. Auch in diesem Moment, als ich am Pavillon vorbeiging, saß dort eine Familie und wartete auf ihre Verköstigung. Der Kiosk bietet nicht nur Tee und Kaffee an, sondern auch die berühmte *Hugenottenschnitte*. Sie besteht aus Biskuitteig mit feinem Apfelmus auf einer Pudding-Sahne-Creme.

Betritt man den Bereich hinter dem Teepavillon, so hat man einen schönen Blick über die ganze

Länge des Gartens – wie durch einen Tunnel, die Pergola aus Weinreben entlang, welche aufgrund der langen Sonnenbestrahlung natürlich jedes Jahr kräftig wachsen. Auf der Hafenseite gibt es überall kleine Sichtöffnungen, sodass man von fast jedem Punkt aus eine gute Aussicht auf das gegenüberliegende Rathaus hat. Die Pergola ist im Sommer wirklich dicht bewachsen, sodass diese Fenster notwendig sind, um dem Ganzen nicht den Eindruck eines Eisenbahntunnels zu geben. Die linke Seite der Pergola wird immer wieder von Öffnungen durchbrochen, die es dem Besucher ermöglichen, die zahlreichen lauschigen Plätze und kleinen Attraktionen zu betreten.

Der Garten an sich ist durch dichte Hainbuchenhecken in kleine Parzellen abgeteilt. Überall gibt es Sitzmöglichkeiten mit kleinen Tischen, an denen beispielsweise Schach gespielt werden kann. Wichtigste Attraktion dieses vorderen Bereichs des Gartens ist der Spiel- und Spaßbrunnen, der in den Sommermonaten vorsichtige Abkühlung und das gegenseitige Nassspritzen mit lehrreichen Erfahrungen über Wasserdruck, Düsen und Schieber verbindet. Man hat versucht, den Brunnen farblich in das restliche Ensemble einzupassen, was jedoch aufgrund der vielen Edelstahlelemente nicht ganz gelungen ist. Trotz dieser geringen farblichen Abweichung stellt der *Marie-Durand-Brunnen* eine der wichtigsten Attraktionen des Gartens dar.

Auf der linken Seite des Gartens befinden sich überall kleine und größere Blumenbeete. Die beiden Beete links und rechts des Denkmals sind großzügig gestaltete Bereiche, die mit herrlich riechendem Lavendel bepflanzt sind. Geht man hinter dem Denkmal weiter, so gelangt man zu einem kleinen Rosengarten. Eine etwas höhere Hecke schafft die Begrenzung zu einem vier mal fünfzehn Meter großen Pétanque-Feld, das wie auch der Teepavillon im Internet vorgebucht werden kann. Bei meinem Besuch lieferten sich gerade acht Personen in zwei Teams einen leidenschaftlichen Wettstreit. Eine zweite Hecke mit einer Höhe von circa einem Meter fünfzig bildet die natürliche Abgrenzung zum Café-Bereich. Acht Rastbänke wie auf einem Wanderrastplatz laden die Besucher ein, sich mit einem Kaffee und einer Hugenottenschnitte aus dem zum Café gehörenden Kiosk verwöhnen zu lassen. Sie können hier schön im Schatten sitzen, nachdem die drei Linden mittlerweile ausreichend hochgewachsen sind. Ich hatte in der Zeitung gelesen, dass es zunächst seitens der Stadt erhebliche Vorbehalte bezüglich der Bepflanzung mit tiefwurzelnden Bäumen gegeben haben soll. Schließlich hat man sich doch ein Herz gefasst und ein paar ausreichend tiefe Spundwände eingezogen. So klappte letztlich beides: schattenspendende Bäume und Schutz der Hafenmauer. Der Kiosk entspricht in Ausführung und Größe dem achtzig Meter weiter vorne befindlichen Teepavillon, sodass beide Gebäude mit dem Denkmal in der Mitte eine schöne Symmetrie bilden.

Tritt man durch das südliche Tor nach außen, so kommt man zu einer neu errichteten, festen Ausstellung mit sechs Informationstafeln, auf denen sich interessierte Besucher über die Dreharbeiten des hier 1976 gefilmten Mehrteilers *Der Winter, der ein Sommer war* informieren können.

Ich bin nach dem Besuch des *Place des Huguenots* umso mehr gespannt, wie die entsprechenden Gestaltungspläne für die Rathausseite umgesetzt werden. Auf dem *Place des Cévennes* ist nach Abschluss aller Arbeiten ebenfalls ein Hafengarten vorgesehen. Jedoch ist geplant, zwei getrennte Areale zu schaffen – mit dem Rathaus und seinem Vorplatz in der Mitte.

Mein Fazit: Den Stadtplanern ist hier ein wirkliches Meisterwerk gelungen: Auf so kleinem Raum derart viele Attraktionen zu vereinen, ist schon ein dickes Lob wert. Ich werde nun gerne öfter nach Bad Karlshafen kommen, um gemütlich im Hafengarten zu promenieren – gerne auch mit meiner Familie bei einem Tee und einer Hugenottenschnitte im Teepavillon.

– E N D E –

8 Eine laue Bartholomäusnacht

Matthias saß gespannt auf der Tribüne, das Rathaus von Bad Karlshafen im Rücken. Gerade hatte das Glockenspiel *Lobet den Herren* gespielt, nun würde es gleich losgehen. Er horchte auf – aus der Ferne hörte er eine Trompete eine kurze Melodie spielen. Was es war, konnte er jedoch nicht erkennen, dafür war es zu leise. Einige Sekunden später gab es ein zweites, ebenfalls kurzes Trompetenstück, diesmal bereits wesentlich deutlicher zu hören. Nun schien das Signal irgendwo hinter dem Landgraf-Carl-Haus seinen Ursprung zu haben, vielleicht am Campingplatz. Das dritte Signal kam von rechts der Tribüne. So nah, wie es sich anhörte, konnte es beim Hotel zum Schwan sein. Inzwischen, während die Zuhörer auf dem *Place des Cévennes* die Vorgänge zu erkunden suchten, hatte ein Musiker die große, schwimmende Bühne auf dem Hafen betreten. Als er seinerseits anfing, die Trompete zu spielen, begriffen Matthias und vermutlich auch die meisten der anderen Zuschauer, dass diese Melodie das Startsignal für einen spannenden Opernabend war.

Gleich würde sie beginnen, die Bartholomäusnacht in Bad Karlshafen. Er war hellwach – im Gegensatz zu dem Jungen neben ihm, der andauernd gähnen musste.

*

Tobias hatte eigentlich gar keine Lust, sich vier Stunden und fünf Akte auf der harten Holztribüne zu langweilen und Musik zu hören, die er nicht mochte. Er war jedoch der Beste des Abschlussjahrgangs 2024 auf der Marie-Durand-Schule, wofür ihm Direktor Stollberg mit einem kräftigen Händedruck zwei Karten für die erste Oper in der alten Hugenottenstadt überreicht hatte. Nun gut – alt war relativ. Aber schließlich hatte mit der Bartholomäusnacht im August 1572, also genau vor 452 Jahren, auch die Vorgeschichte des Ortes Syburg begonnen, aus dem sich das spätere Bad Karlshafen entwickeln sollte.

Tobias gähnte erneut, was ihm einen leichten Ellenbogencheck seiner Mutter Charlotte einbrachte.

»Aua, Mum. Das tut weh.«

*

Charlotte dachte nach: Seit Wochen hatte sie mit ihren Freunden und Nachbarn quasi über nichts anderes mehr gesprochen als über die Oper, die sie zusammen mit ihrem Sohn besuchen würde. Sie war stolz auf ihren Sohn – auf seine schulischen Leistungen, diesen Preis und auf die Gelegenheit, heute Abend auf dieser Tribüne sitzen zu dürfen. Stolz – vermutlich lag dieser Stolz auch darin begründet, dass in ihren Adern auch noch ein wenig hugenottisches Blut floss. Sie blickte um sich und sah viele bekannte Gesichter auf der Tribüne sitzen. Sie wusste, dass sie mit vielen der hier Anwesenden über mehrere Ecken verwandt war. Ihre

Vorfahren hießen früher einmal Suchier, doch über die Generationen hinweg hatte sich das Hugenottenblut durch jede Heirat ein klein wenig mehr verdünnt. Somit war heutzutage das Gedenken an die Vorfahren größer als die tatsächliche Blutsverwandtschaft.

Der Trompeter verbeugte sich und verließ die Bühne. Charlotte ließ nochmals ihren Blick schweifen – glücklicherweise hatten sie von den Ehrenplätzen ganz oben auf der Tribüne einen sehr guten Überblick. Im Gegensatz zu den Plätzen weiter unten konnten sie auch das Orchester erkennen, das sich im vorderen Bereich der großen Ponton-Bühne befand. Die Fläche des Pontons war riesig: sicher dreißig Meter breit und bestimmt fünfundzwanzig Meter tief. Die vorderen zehn Meter gehörten dem Orchester, die nächsten zehn Meter waren die Bühne und ganz hinten befanden sich die Technik und die Schiebekulissen. Die Bühne war derzeit noch durch einen schweren weinroten Vorhang verschlossen. Übrigens war sie überdacht, damit im Fall der Fälle Technik und Schauspieler geschützt wären. Für die Zuschauertribüne auf der Rathausseite galt das nicht, die Zuschauer hätten sich bei Regen selbst schützen müssen. Die Veranstalter kannten das Problem natürlich – sollte es tatsächlich regnen, so hätte man für wenig Geld einfache Plastikponchos oder billige Regenschirme kaufen können. Aber nach Regen sah es an diesem lauen Abend wirklich nicht aus.

*

Kerstin stand in der dritten Reihe auf Höhe der Schwaneninsel und versuchte, einen Blick auf das Geschehen zu erhaschen. Na, wenigstens kann ich jetzt schon etwas sehen, dachte sie. Da man das Areal nicht vollständig abriegeln konnte, war die Aussicht von den schlechten, seitlichen Plätzen kostenlos. Damit auch diese Zuschauer wenigstens etwas erkennen konnten, gab es sozusagen keine Seitenwand. Bezahlen mussten nur die Zuschauer, die auf der Tribüne saßen oder einen der Stehplätze links und rechts der Tribüne ergattert hatten. Kerstin dachte an ihre Schwester Charlotte, die in diesem Augenblick immer noch auf den verschlossenen Vorhang blickte, während sie bereits sehen konnte, wie sich die Sänger auf ihren Auftritt vorbereiteten. Ihre Schwester und ihr Neffe hatten zwei der gut zweihundert Karten bekommen, die einerseits kaum erschwinglich und andererseits trotzdem sofort vergriffen waren. Man hatte lange gerätselt, wie man die Opernaufführung mit dem gleichzeitig stattfindenden Hugenottenfest vereinbaren konnte. Sollte man die Oper nur einmal am Freitagabend spielen und die Tribüne bereits über Nacht wieder abbauen? Oder sollte man sie stehen lassen, nochmals spielen und die Bühne in das Konzept des Hugenottenfestes integrieren? Man entschied sich für Lösung Nummer zwei – etwas, das Kerstin eigentlich nicht gut in den Kram passte. Dass der Hafen zugebaut war, das war nicht so schlimm. Aber der alte Hafenplatz war traditionell immer das Herz des Hugenottenfestes gewesen – zumindest in den letzten Jahren. Hier standen meist die interessantesten Buden und hier befand sich auch der Weinausschank, an dem sich Kerstin immer am liebsten mit ihren Freundinnen getroffen hatte. Na ja, jedes Jahr würde man sich so einen Zauber wie diese Freilichtoper ja nicht leisten können. Ein Gedanke, der sie ein wenig tröstete.

*

Endlich hob sich der Vorhang. Was früher als putzige Idee abgetan wurde, wurde nun dank des Idealismus' Vieler Wirklichkeit: Mit dem Stück *Des beaux jours de la jeunesse* begann sie, die Oper *Les Huguenots* von Giacomo Meyerbeer aus dem Jahr 1836. War es nun um 19.00 Uhr noch hell, so würde es bereits dunkel sein, wenn nach gut vier Stunden der Schlussvorhang fiele. Charlotte wusste, dass spätestens der Schlussapplaus Tobias aus seinem unruhigen Schlaf reißen würde.

*

23:14 Uhr
Während das Publikum sich bereits nach wenigen Momenten zu stehenden Ovationen erhob, blieb Tobias zunächst sitzen und hielt sich die Seite. Er entschloss sich dann aber doch, ebenfalls aufzustehen – er wollte nicht der Einzige in ihrer Reihe sein, der sitzen blieb. Er würde seine erste Oper sicher noch geraume Zeit in Erinnerung behalten – fraglos hatte er bereits blaue Flecken, die bestimmt auch noch ein paar Tage weh tun würden. Seiner

Mutter hingegen – das sah er auf den ersten Blick – hatte es sehr gut gefallen. Sie versuchte vergeblich, ihrer Freude durch laute Pfiffe Ausdruck zu verleihen.

– E N D E –

9 Kinderlesefestival mit Überraschungen

»Kriech ich jetzt'n Eis?«
»Psst.«
Die kleine Anja machte eine Grimasse; sie wollte einfach nicht verstehen, dass sie nicht sofort ein Schoko-Vanille-Softeis bekam. Sie saß zwischen Mama und Papa, die schon die ganze Zeit dem dicken Mann zuhörten, der vorne auf seinem Stuhl saß. Schwitzend erzählte er ihnen die Geschichte vom kleinen Henner und seinem Krokodil. Es war die – Moment, sie begann im Kopf zu zählen, nahm aber wie immer ihre Finger zur Hilfe – erste, zweite, dritte Geschichte, die heute vorgelesen wurde. Zuerst war da die Geschichte vom kleinen Zauberer – die hatte Anja noch richtig gut gefallen. Die zweite Geschichte mit der Sonnenblume, die unbedingt wissen wollte, was Schnee war, war ihr zu langweilig gewesen. Der kleine Henner und sein Krokodil hatten sie daran erinnert, dass es eigentlich keinen Grund gab, nun kein Eis zu essen. Der Mann hinter dem Eisstand mit seiner dicken Brille und dem Rauschebart würde ihr bestimmt eine extragroße Kugel geben – so nett, wie er sie vorhin angegrinst hatte.

Sie zupfte an Mamas T-Shirt, doch von ihrer Mutter hörte sie nur: »Lass das, zieh mich hier nicht aus.« Papa begann zu ihr hinüber zu schauen, er fand das scheinbar recht lustig – so wie er grinste. Doch Mama wurde richtig böse, sie stand auf und ging in Richtung der beiden Toilettenhäuschen, die man neben den schönen, alten Turm gestellt hatte. Anja nutzte die Gelegenheit, rückte ganz nah an ihren Papa und nahm seine Hand. Sie wusste aus Erfahrung: Nun hatte sie leichtes Spiel. Sie guckte ihn ganz groß an und neigte ihren Kopf in einer Art, die kleinen Mädchen wohl als Grundausstattung mit in die Wiege gelegt wird. »Papa, kaufst du mir ein Eis?«

Hatte ihr Papa noch vor wenigen Augenblicken der Mama mit ernstem Blick hinterhergeschaut, so drückte er nun die kleine Hand seiner Tochter und schaute sie an. »Wenn die Mama wieder da ist, schließlich muss uns jemand die Plätze freihalten.«

»Okay.« Anja war zufrieden. Gleich würde sie ihr Eis bekommen.

*

Carola Schmidtbauer schaute zufrieden in das kleine und große Publikum: Zirka sechzig Zuschauer saßen im Raum und lauschten gespannt dem Hamburger Kinderbuchautor Martin Kaiser. Alle? Nein, nicht alle. Die großgewachsene Blondine ganz rechts hatte wohl einen Familienstreit mit zur Kinderlesestunde hier auf die Krukenburg gebracht. Mitten in der Lesung über den kleinen Henner und sein Krokodil hatte sie angefangen, an ihrer Kleidung herumzuzerren, dann war sie aufgestanden und in Richtung Toilettenhäuschen verschwunden. Hoffentlich würde diese Dame die nächste Lesung – ihre eigene – nicht stören.

Vor genau vier Jahren hatte alles angefangen und Carola hatte beim ersten *Helmerateshusa* noch schüchtern am Tisch gesessen und dem großen Krimiautor, der zuvor eine Lesung gehalten hatte, zugehört. Jetzt würde sie in zehn Minuten selber zu lesen beginnen. Gleich ihre erste Kindergeschichte, die Abenteuer des kleinen Fischerlehrlings Robert Löhnhardt, war ein großer Erfolg – sie hatte bereits zweitausend Bücher verkaufen können. Mittlerweile war ihr viertes Buch erschienen: Die Geschichte der beiden Detektive Jan und Dirk, die in ihrem Revier am Waltersberg eine spannende Entdeckung gemacht hatten.

Carola hatte großes Glück: Bereits beim zweiten *Helmerateshusa* kamen die Veranstalter auf die Idee, jeweils einen Platz in den verschiedenen Kategorien für Autoren aus der Region zu reservieren. Sie hatte sich beworben und auch ohne große Probleme den Zuschlag für den Bereich Kinder und Jugend erhalten. Soweit sie wusste, gab es noch zwei andere Bewerberinnen, die sie natürlich auch persönlich kannte. Die beiden waren ebenfalls Mitglieder der Autorengruppe, die sich nach dem Seminar vor vier Jahren gebildet hatte.

*

In diesem Moment beendete Martin Kaiser seine Lesung. Zum Glück, dachte der Moderator Joachim Seeler, der Mann hatte während seiner Lesung so viel Schweiß vergossen, dass Henners kleines Krokodil gut darin hätte baden können –

gesetzt den Fall, es wäre ein Salzwasserkrokodil. Der verhaltene Applaus zeigte, dass nun genau der richtige Moment war, eine Überraschung zu inszenieren. So stand Joachim, gleich nachdem der Applaus nach wenigen Sekunden bereits wieder abgeklungen war, auf und gab dem schwitzenden Kaiser die Hand. Urrrgh, dachte er bei sich, ist das ekelhaft! Er räusperte sich, dann sprach er mit lauter Stimme zu seinem Publikum: »Vielen Dank an Martin Kaiser und seine Geschichte über Henner und das kleine Krokodil.« Er machte eine absichtliche Pause, dann fragte er mit lauter Stimme: »Mögt ihr eigentlich Detektivgeschichten?« Auf seinen Aufruf erhoben sich zögerlich drei Hände und viele der anderen Kinder schauten unsicher zu Mama und Papa. Joachim hatte sich schon so etwas gedacht, darum fragte er noch einmal: »Mögt ihr eigentlich Detektivgeschichten?«

Nun war die Antwort deutlicher, ein nur wenig synchron singender Chor von zirka zwanzig Kinderstimmen rief laut: »Ja!«

»Prima! Dann wird euch die nächste Geschichte sicher gefallen. Carola Schmidtbauer erzählt uns nämlich den spannenden Fall des kleinen Jan, der mit seinem besten Freund Dirk auf seinem Weg von der Schule nach Hause eine spannende Entdeckung gemacht hat. Doch hört selbst, liebe Mädchen und Jungen: Carola Schmidtbauer und ihre Detektivgeschichte *Das Geheimnis des blutigen Gartenzwergs*. Applaus, bitte!«

*

Die Zuhörer klatschten, doch niemand erschien. Die Menschen begannen bereits zu grummeln, die Kinder wurden unruhig. Nach einer langen halben Minute erschien Carola, sie kam direkt hinter dem großen Turm hervor. In der einen Hand hielt sie ein Kinderfahrrad, in der anderen eine Hundeleine und eine hellblaue Schirmmütze.

»Ihr müsst mir helfen, Kinder«, rief sie so verzweifelt, wie es eben ging.

Mit besorgter Miene sah sie Joachim auf sich zukommen. »Was ist denn passiert, Carola?«

»Jan und Dirk sind verschwunden. Sie wollten eigentlich hierherkommen, um ihrer eigenen Geschichte zuzuhören.« Und etwas leiser: »Sie trauen mir nämlich nicht zu, dass ich sie euch auch richtig erzähle. Wir wollten uns vor einer Viertelstunde an ihrem geheimen Baumhaus unterhalb der Krukenburg treffen, doch sie waren nicht da.«

»Kinder«, mischte sich Joachim ein, »könnt ihr helfen? Wir müssen herausfinden, was hier passiert ist.«

Sofort begannen die Kinder wild durcheinander zu rufen: »Sie sind zum Essen nach Hause gefahren!«, »Die sitzen bestimmt irgendwo hinter einer Mauer und hören heimlich zu!« oder »Sie sitzen im Café Krukenburg und essen ein leckeres Eis.«

Carola schüttelte den Kopf: »Nein, leider nicht.«

Im Verlauf der folgenden Viertelstunde gab sie Hinweis für Hinweis, bis die Kinder – unter lebhafter, aber nicht immer kompetenter Mithilfe ihrer Eltern – das Rätsel gelöst hatten.

Sie ging zur zehnjährigen Anja, die mit ihrer

Antwort »Die haben sich in der kleinen Höhle unterhalb der Krukenburg versteckt, dem Eingang zum geheimen Gang, der früher einmal die Burg mit dem Kloster unten im Ort verbunden haben soll« das Rätsel aufgelöst hatte. Carola wusste, dass Anjas immer noch grantige Mutter ihr die Antwort vorgesagt hatte, aber das spielte keine Rolle – die Kinder hatten ihren Spaß. Anja bedankte sich sehr artig für die von Carola persönlich signierte Ausgabe von *Das Geheimnis des blutigen Gartenzwergs*.

Überrascht wurde diese jedoch von der Frage, ob sie der kleinen Anja nun auch ein Softeis kaufen würde.

– ENDE –

10 Das verflixte siebte Jahr?

In diesem Jahr sollte alles anders sein: Auf Geheiß von Bürgermeister Rolf-Ullrich Müller würde auch in diesem Jahr wieder ein Gemeinde- und Volkswandertag stattfinden. Müller war jedoch der Ansicht, dass es in diesem Jahr einen Richtungswechsel geben sollte und die Strecke ruhig einmal anders herum gelaufen werden könne. Es gab viele Diskussionen im *Wanderverein Weser-Diemel 2019 e. V.* – nicht alle Mitglieder waren davon begeistert, dass der Bürgermeister auf der entsprechenden Sitzung erschien und all ihre schönen Pläne umwarf. Aber Müller verstand es, die Wanderfreunde zu überzeugen. Er hatte drei gute Argumente, die für eine Veränderung sprachen: Erstens betonte Müller in seiner Begründung die hervorragende Akzeptanz des Gemeindewandertages, da es Jahr für Jahr mehr Teilnehmer gab und auch immer mehr Teilnehmer extra zu diesem Anlass in die Stadt kamen. Müller sah diesen Richtungswechsel als Möglichkeit, aufkommende Langeweile zu verhindern.

Das wirklich beste Argument war jedoch Erklärung Nummer zwei: Bei dieser Streckenführung gegen den Uhrzeigersinn hatte wirklich jeder Wanderer die Möglichkeit, vom Weser-Skywalk den tollen Blick auf Bad Karlshafen und das Wesertal genießen zu können.

Und das dritte Argument versetzte den Veränderungsmuffeln sozusagen den Todesstoß: Der Plan, die Wanderroute andersherum zu laufen, hatte nur wenige Änderungen im Ablauf zur Folge – da waren die Mitglieder vereinzelt sehr überrascht, wie gut der Bürgermeister sich vorbereitet hatte. Und in der Tat konnten die Verpflegungsstationen alle erhalten bleiben, was die Planung der Infrastruktur vereinfachte und jedes Gegenargument quasi im Keim erstickte.

Bürgermeister Müller hatte die Vorstellung, wie immer am *Hafenplatz / Place des Cévennes* zu starten und sich zunächst über die neue Weserbrücke in Richtung Solling zu bewegen. Erstes Highlight wäre nun in der Tat der *Weser-Skywalk* mit seinem tollen Ausblick auf Bad Karlshafen und das Wesertal. Anschließend ginge es hinunter nach *Würgassen* und mit der Fähre hinüber nach *Herstelle*. Hinsichtlich des berechtigten Einwands, dass nun bei dieser Wegführung alle Wanderer mit der Fähre übergesetzt werden mussten, hatte Müller auch schon einen Vorschlag: Die drei Wandergruppen würden nicht, wie bisher, gemeinsam loslaufen, sondern gestaffelt, nach gewählter Weglänge. Da er davon ausging, dass die Wanderer der langen Strecke über die beste Kondition verfügten, sollte diese Gruppe als erste aufbrechen. Die mittlere Fraktion sollte folgen, zuletzt die »Kurzatmigen« – wie sie Herbert Lichtenau, der Vorsitzende des Wandervereins hinter vorgehaltener Hand Müller gegenüber einmal genannt hatte.

Von Herstelle aus ginge es hinauf zum Dreiländereck und der zweiten Verpflegungsstation (nach der in Würgassen). Am *Sängertempel* würde die erste Gruppe bereits über *Deichmanns Grotte* nach Bad Karlshafen zurückkehren. Alle anderen würden weiter über *Juliushöhe* und *Carlsplatz* zur *Krukenburg* wandern. Sollten sie dann nicht mehr wollen, so könnten die »Fußkranken« – Zitat Müller – nun abkürzend über den *Graseweg* nach Bad Karlshafen zurückkehren. Die reguläre Strecke hingegen führe hinunter nach Helmarshausen und zum alten Bahnhof. Dort würde Gruppe zwei unter Einhaltung der Streckenführung über den *Sonnenweg* ihr Ziel erreichen. Die »Tapfersten« – diesmal wieder Lichtenau – würden hinauf zur alten Knappschaft laufen, dem jetzigen Jugendgästehaus, und über die *Schutzhütte Königsberg* und den *Rastplatz Brandenberg*, den *Charlottenstein*, passieren. Vor dort aus ginge es immer nur bergab und über den *Herbert-Mager-Weg* und den *Triftweg* hinunter zum *Hafenplatz / Place des Cévennes* – das Ziel wäre erreicht.

*

Achim, Peter und Christian saßen nach der entscheidenden Sitzung des Wandervereins noch bei einem Bierchen im Weser Garten und sinnierten über die soeben getroffene Entscheidung.

»Ich denke, wir hätten auch in diesem Jahr wieder im Uhrzeigersinn laufen sollen.«

»Peter, du sperrst dich einfach gegen Veränderungen – das war schon immer so.«

Als Letzter griff Christian in das Gespräch ein: »Sehen wir es doch einmal so: Wenn in diesem

Jahr irgendetwas passiert, der Bürgermeister sich vorher das Bein bricht, jemand den Steilhang beim Sängertempel hinabstürzt oder es auch nur in Strömen regnet – ich weiß schon, was sie dann alle sagen werden!«

Peter zuckte mit den Schultern: »Nee, da komme ich gerade nicht drauf.«

»Aber ich.«

Nun schauten alle auf Achim.

»Machs nicht so spannend!«, warf Christian leicht überrascht ein. »Mal sehen, ob du darauf gekommen bist?«

»*Das verflixte siebte Jahr* natürlich.«

Noch bevor die anderen einhaken konnten, fuhr er fort: »Ein halbes Jahrhundert fortgesetzter Fernsehkonsum muss ja auch irgendwo sein Gutes haben.«

»Also, auf das verflixte siebte Jahr und eine schöne Wanderung.« Christian hob sein Glas und sie stießen an.

– ENDE –

11 Die Helmarshäuser Poststraße

Kernbereich der Anstrengungen für eine Teilnahme am Wettbewerb *Unser Dorf hat Zukunft* – Zwischenbericht

1 Motivation

Oedelsheim hat es vorgemacht und beim Wettbewerb *Unser Dorf hat Zukunft* 2016 sehr gut abgeschnitten. Wir hatten hier in Helmarshausen im Dezember 2022 den Hessischen Rundfunk zu Gast, da zuvor unser schöner Ort aus der Hessenschau-Lostrommel für die Reihe *Dolles Dorf* gezogen wurde. In dieser Serie wird seit Januar 1995 fast jede Woche ein hessisches Dorf mit weniger als zweitausend Einwohnern aus der Lostrommel gezogen und porträtiert. Obwohl wir das Finale des dazugehörigen Wettbewerbs nicht erreicht haben, sind wir dadurch besonders motiviert worden, etwas aus Helmarshausen zu machen. So war dieser Hessenschau-Bericht im Fernsehen sozusagen die Initialzündung, die Zukunft unseres Ortsteils in die Hand zu nehmen und Verschönerungsmaßnahmen einzuleiten.

Die erste Maßnahme, da waren wir uns schnell einig, sollte sein, die seit 2020 endlich verkehrsberuhigte Poststraße und ehemalige Hauptverkehrsader durch den Ort zu verschönern. Wir, das ist eine Initiative aus Helmarshäuser Bürgern, Vereinen und Institutionen, die 2022 den *Runden Tisch*

Poststraße ins Leben gerufen hatten. 2023 ist daraus der *Verein Poststraße* entstanden. Durch gute Kommunikation und Initiative ist es uns gelungen, alle Anwohner mit in das Projekt einzubeziehen. So konnten wir – alle gemeinsam – den Zustand der einstigen Durchgangsstraße B 83 zu einer ansehnlichen Dorfstraße verändern.

2 Fassadenverschönerung an den zum Teil denkmalgeschützten Häusern

Als erste Maßnahme wurden alle Besitzer kontaktiert; es folgte eine genaue Inventarisierung aller Gebäude in der Poststraße. Ein Handlungskatalog mit allen notwendigen Maßnahmen zur Verschönerung und Restaurierung der Gebäudefassaden war dann die Grundlage für die weiteren Schritte. Gemeinsam mit dem vor einigen Jahren neu gegründeten städtischen Ausschuss *Gebäude- und Denkmalschutz* wurde im Anschluss eine Prioritätenliste der Maßnahmen erarbeitet. Alle notwendigen Maßnahmen wurden dann im Hinblick auf eine Förderfähigkeit im Rahmen des Programms *Städtebaulicher Denkmalschutz* untersucht. Es zeigte sich, dass einige der kostspieligen Maßnahmen mit großzügigen Zuschüssen gefördert werden konnten.

Nach zum Teil intensiven Diskussionen mit den Bewohnern wurden Verschönerungsmaßnahmen an den Häusern vereinbart und inzwischen zum

Großteil auch umgesetzt. Besondere Motivation war dabei die Umwandlung der historischen Poststraße in eine touristische Attraktion.

3 Die historische Poststraße

War die Poststraße einst die Durchgangsstraße durch Helmarshausen, so drohte sie nach Einrichtung der Umgehung der B 83 zu einer Art Anlieger-Sackgasse zu verkommen. Daher war es neben der Verschönerung der Gebäudefassaden ein zweites Hauptanliegen des Vereins Poststraße, die Geschichte der Straße vor der Industrialisierung dazu zu nutzen, Besucher auf die alten Traditionen im Ort aufmerksam zu machen. Dazu galt es, ein schlüssiges Gesamtkonzept zu erstellen, das die Bereiche Historisches Erbe, Alltag, Tourismus und Erlebniskultur zusammenfasst, um die Poststraße und somit die Attraktivität des Ortes aufzuwerten.

Leuchtendes Vorbild für die Aufarbeitung des historischen Erbes war die parallel verlaufende Steinstraße und ihre an den Gebäuden angebrachten Hinweisschilder: War die Steinstraße einst eine Dorfstraße mit einem Eisenwarenladen, einer Schmiede, einer Schneiderei, einem Schuster, einer Schreinerei, der Poststation und einem Metzger, so ist dort heute – ebenso wie in der Poststraße – davon fast nichts mehr zu erahnen.

Aber ausschließlich an die historischen Gegebenheiten zu erinnern, war aus Sicht des Vereins allein nicht zielführend. Das Gesamtkonzept musste einen Mehrwert auch für die derzeitigen Bewohner bieten, um vor allem die jungen Menschen im Ort zu halten. Dazu findet nun unter anderem jeden Freitag ein Bauernmarkt auf dem historischen Marktplatz vor dem ehemaligen Rathaus statt. Nach immer wiederkehrenden Lebensmittelskandalen nimmt die Nachfrage nach lokal erzeugtem Gemüse, Fleisch und Obst zu – sie auf dem Markt zu kaufen, hat inzwischen einen hohen Stellenwert erhalten. Letztlich profitieren davon natürlich auch die Haupt- und Nebenlandwirte der Region, für die es auf einmal wieder attraktiv ist, selbst Vieh zu halten und Gemüse anzubauen.

4 Tourismus und Erlebniskultur

Tourismus und Erlebniskultur gehen immer Hand in Hand. Zwar ist es ein lobenswertes Unterfangen, mit Hinweisschildern auf die Geschichte eines Ortes aufmerksam zu machen, aber die anspruchsvollen Besucher erwarten heute mehr als nur das Alltägliche. Natürlich bleibt die Beschilderung der historischen Poststraße mit ihren zwölf Tafeln ein wichtiger Teil des Besucherkonzeptes. Neben Informationen zu den historischen Gebäuden – analog zur historischen Steinstraße – gibt es über die Nutzung von QR-Codes eine sogenannte Postkutschen-Tour, die das Transportgewerbe vor Eisenbahn und Automobil audiovisuell erlebbar macht.

Durch die Umgestaltung des ehemaligen *Waldecker Hofs* zum Erlebnishotel *Zur Postkutsche* soll zudem mitten im Ort eine Unterkunft geschaffen werden, die eine alternative Form der Übernachtung anbietet: Neben der Möglichkeit, bequem und mit den üblichen Standards zu übernachten, können Eltern mit ihren Kindern im sogenannten Stall auch gerne im Heu schlafen. Es werden einschlägige Stadtführungen entlang Post- und Steinstraße angeboten sowie Kutschfahrten zur Krukenburg und nach Wülmersen. Die Kinder können die Pferde versorgen – und die Erwachsenen lernen, wie man eine Postkutsche lenkt. Als besondere Attraktion ist geplant, dass dreimal im Jahr der *Kutschschein* erworben werden kann. Der Lehrgang dauert eine Woche, die Unterbringung erfolgt stilgerecht im Erlebnishotel *Zur Postkutsche*.

Fazit

Es gibt viele Möglichkeiten, einen schönen Ort noch attraktiver zu machen. Mit diesem schlüssigen Gesamtkonzept und den motivierten Projektmitarbeitern haben wir den Grundstein zum Erfolg bereits gelegt. Es liegt also an uns, die Dorferneuerung erfolgreich zu Ende zu führen!

– ENDE –

12 Fünf Jahre www.bad-karlshafen.-de/nl

»Heute bei uns zu Gast bei *Radio Märchenland* ist der Bürgermeister der Stadt Bad Karlshafen, *Rolf-Ullrich Müller*. Er spricht mit uns über die Entwicklung des niederländischen Tourismus im Ort. Besonderer Anlass ist der Geburtstag der Homepage *www.bad-karlshafen.de/nl*, die dieser Tage fünf Jahre online ist. Guten Abend, Herr Müller. Es freut uns, dass Sie heute Abend den Weg zu uns gefunden haben.«

»Guten Abend, Herr Werner. Ich freue mich auch, heute bei Ihnen sein zu dürfen.«

»Gut, Herr Bürgermeister, was macht die niederländischsprachige Homepage der Stadt eigentlich so erfolgreich?«

»Wir hatten ja schon einen guten Internetauftritt der Bad-Karlshafen-Touristik, sodass wir eigentlich nur unsere Zielgruppe erweitert haben.«

»Aber die niederländische Seite ist doch sicherlich mehr als nur eine Übersetzung der bisherigen deutschen Inhalte?«

»Natürlich hat sich eine deutsch-niederländische Projektgruppe zuvor damit befasst, wie man die Inhalte besser auf die Bedürfnisse niederländischer Urlauber und Besucher ausrichten könnte.«

»Was waren also die Schwerpunkte?«

»Ohne jetzt allzu sehr auf die Vorurteile der Deutschen gegenüber den Niederländern eingehen zu wollen, läuft es doch auf drei Dinge hinaus.«

»Welche sind das?«

»Campingurlaub, Radtouren und Wanderungen.«

»Aber das kann man doch an vielen Orten in den deutschen Mittelgebirgen unternehmen? Was erklärt also den besonderen Erfolg Bad Karlshafens bei dieser Zielgruppe?«

»Wir waren vor fünf Jahren unserer Zeit bereits einen Schritt voraus und konnten daher sozusagen wichtige Pflöcke einschlagen.«

»Was bieten Sie den Holländern?«

»Als Erstes einmal erstklassige Unterkünfte in Ferienwohnungen und auf dem Campingplatz. Die wichtigsten Informationen sind zweisprachig. Zudem können die Gastgeber, die regelmäßig mit niederländischen Gästen zu tun haben, seit drei Jahren in einem Volkshochschulkurs vor Ort Niederländisch lernen. Wir wissen ja alle aus eigener Erfahrung, wie gebauchpinselt sich Touristen fühlen, wenn man wenigstens ein wenig ihre Sprache spricht.«

»Niederländisch lernen in Bad Karlshafen – und woher kommen die Lehrer für diese Sprachkurse?«

»Wir beobachten zu unserer Überraschung und natürlich auch zu unserer Freude, dass sich mehr und mehr Niederländer in der Stadt ansiedeln. Sie kaufen eines der für sie im Vergleich zu den Niederlanden günstigen Häuser mit großem Grundstück und verbringen entweder die Ferien oder ihren Ruhestand hier im Ort.«

»Hat sich denn der Ort auch auf anderen Gebieten an seine westlichen Neubürger angepasst?«

»Ja, in der Weserstraße gibt es seit einigen Jahren

wieder einen Käseladen. Er bietet neben italienischem und französischem Käse auch eine gute Auswahl an niederländischen Molkereiprodukten.«
»Kommen wir zu den Punkten zwei und drei ...«
»Zunächst ist da das Radfahren: Sie glauben gar nicht, wie viel in den Niederlanden geradelt wird. Sie können sich vermutlich auch nicht vorstellen, dass in Städten wie Den Haag die Radwege in einem besseren Zustand sind als manche Straße bei uns.«
»In der Tat – nein.«
»Da liegt es natürlich nahe, dass die holländischen Urlauber ihre Ferienregion auch mit dem Fahrrad erkunden möchten. Ihren fahrenden Untersatz bringen sie entweder mit oder sie können ihn preisgünstig vor Ort leihen.«
»Und dann radeln die Holländer einfach los?«
»Dat kan, maar dat moet niet.«
»Bitte?«
»Ach, verzeihen Sie bitte diesen Ausrutscher. Ich hatte heute Morgen ein Gespräch mit dem Bürgermeister von Westland – der übergeordneten Gemeinde unserer Partnerstadt 's-Gravenzande.«
»Interessant.«
»Zurück zu den Radtouren. Wir haben vor einigen Jahren in Absprache mit den Niederländern vor Ort ein Tourenbuch entworfen. Es umfasst zwanzig kürzere oder längere Touren in der Umgebung der Stadt. Die kürzeste Tour führt nach Helmarshausen und zurück, das sind ungefähr sechs Kilometer. Die längste Tour ist schon recht sportlich und führt an der Weser entlang nach Polle und

zurück durch den Solling und über Neuhaus – also ungefähr fünfundsiebzig Kilometer und reichlich Höhenmeter.«

»Kommen wir zu den Wanderungen ...«

»Punkt drei umfasst ein gut ausgebautes Wandernetz rund um den Ort. Wir haben dazu das Konzept der Wandernadel wieder aufleben lassen. Es gibt sechsunddreißig Touren, vor allem durch den Reinhardswald, da ist für jeden etwas dabei.«

»Spaß für die ganze Familie?«

»Sie werden lachen: Wie bei den Deutschen ist es auch für niederländische Eltern schwierig, ihre Kinder zum Wandern zu motivieren. Gibst du ihnen jedoch die Möglichkeit, eine Wandernadel der Stadt Bad Karlshafen zu erwandern, sind sie die Ersten, die an den jeweiligen Stempelstationen ankommen. Und nicht zu vergessen das Geocaching, für das sich die Umgebung ganz hervorragend eignet.«

»Was macht es für unsere westlichen Nachbarn noch attraktiv, nach Bad Karlshafen und Helmarshausen zu kommen und nicht beispielsweise ins nähergelegene Sauerland?«

»Im Winter haben wir gegen das Sauerland natürlich keine Schnitte, schließlich haben wir in den Orten noch nicht einmal Langlaufloipen. Doch im Sommer sind wir überaus konkurrenzfähig, da wir auf unsere Gäste eingehen. Unsere langjährige Städtepartnerschaft mit 's-Gravenzande ist da sicher kein Nachteil.«

»Zum Abschluss noch eine gemeine Frage ...«

»Bitte.«

»Besitzen Sie eigentlich Holzschuhe?«

»Das Problem ist, dass sich sowohl Deutsche als auch Niederländer immer auf die bekannten Klischees zurückziehen. Kennt man sich besser, so kann man im Grunde genommen nur noch müde darüber lächeln. Der Mann meiner ältesten Tochter ist Niederländer, daher weiß ich, wovon ich rede. Ich schätze ihre offene und direkte Art sehr, so manches Mal wünsche ich mir etwas davon auch bei uns.«

»Herr Müller, wir danken Ihnen für dieses Gespräch.«

– E N D E –

Hinweise und weitere Informationen

Bad Karlshafen Touristik

Viele der Ideen der in diesem Essayband beschriebenen Geschichten sind bereits vorhandenen Studien und Konzepte entnommen. Interessierte finden sie im Internet auf der Seite der Bad Karlshafen Touristik (*http://bad-karlshafen-tourismus.de/*).

Folgende Studien und Konzepte sind einsehbar:

- Konzepte zur Stadtentwicklung.
- Stadtmarketingkonzept.
- Machbarkeitsstudie Hafennutzung.
- Bundesprogramm *Nationale Projekte des Städtebaus*.
- Expertengruppe *Städtebaulicher Denkmalschutz*.
- Förderprogramme.

Bad-Kalshafen-Blog: Treffpunkt Hafenmauer

Den Bad-Kalshafen-Blog *Treffpunkt Hafenmauer* mit vielen interessanten geschichtlichen und touristischen Informationen über Bad Karlshafen und Helmarshausen finden Sie im Internet unter: *www.federstrich3610.de*.

Danksagung

Heute, im Mai 2016, gilt es, vielen Menschen *Danke* zu sagen.

Es gibt einige Personen, ohne die es die Geschichten aus der Zukunft nicht geben würde. Die Idee zu Bad Karlshafen 2.0 entstand vor allem aus den zahlreichen Gesprächen während meiner Aufenthalte in Bad Karlshafen sowie den Diskussionen im Netz. Daher gilt mein erster Dank Vico, dem Initiator des Facebook-Forums *Lust nach Hafen* sowie allen Diskutanten.

Doch was wäre dieses eBook ohne meine engsten Freunde und Berater, die mit mir über Titel, Cover und so ziemlich jede Frage diskutiert haben, die es zu klären galt. Danke: Beate, Bettina, Dag, Maritta, Michael, Ralf, Rogerus, Silke und Sylke. Ich hoffe, ich kann auch in Zukunft auf euch zählen.

Nicht zuletzt auch mein Dank an meine Korrektoren – intern und extern. Zunächst hat sich, wie immer, meine Frau Beate als Erstleserin mit diesen Texten auseinandergesetzt, bevor Lektor-hoch-drei aus Ludwigsburg das professionelle Korrektorat übernommen hat.

Danke!

Bibliographie von Carl Sänger

Die in diesem Sammelband enthaltenen Kurzgeschichten der Reihe *Bad Karlshafen 2.0* sind ebenfalls einzeln als eBooks erschienen:

Bad Karlshafen 2.0 – Teil 1: Bad Karlshafen & Helmarshausen im Jahr 2018, 47 Seiten, erschienen am 13. Februar 2016, eBook (epub, mobi).

Bad Karlshafen 2.0 – Teil 2: Bad Karlshafen & Helmarshausen im Jahr 2019, 52 Seiten, erschienen am 4. März 2016, eBook (epub, mobi).

Bad Karlshafen 2.0 – Teil 3: Bad Karlshafen & Helmarshausen im Jahr 2020, 50 Seiten, erschienen am 14. April 2016, eBook (epub, mobi).

Bad Karlshafen 2.0 – Teil 4: Bad Karlshafen & Helmarshausen im Jahr 2024, 55 Seiten, erschienen am 14. Mai 2016, eBook (epub, mobi).

Die eBooks sind in allen gängigen Onlineshops erhältlich.

Etwaige Gewinne aus dem Verkauf gehen als Spende an einen oder mehrere Verein/e im Ort.

Bad Karlshafen-Blog *Treffpunkt Hafenmauer*:
http://federstrich3610.de/bad-karlshafen-zwei-null/